ひとりじゃないから、
大丈夫。

織田 友理子
Yuriko Oda

私の母校・創価大学にて

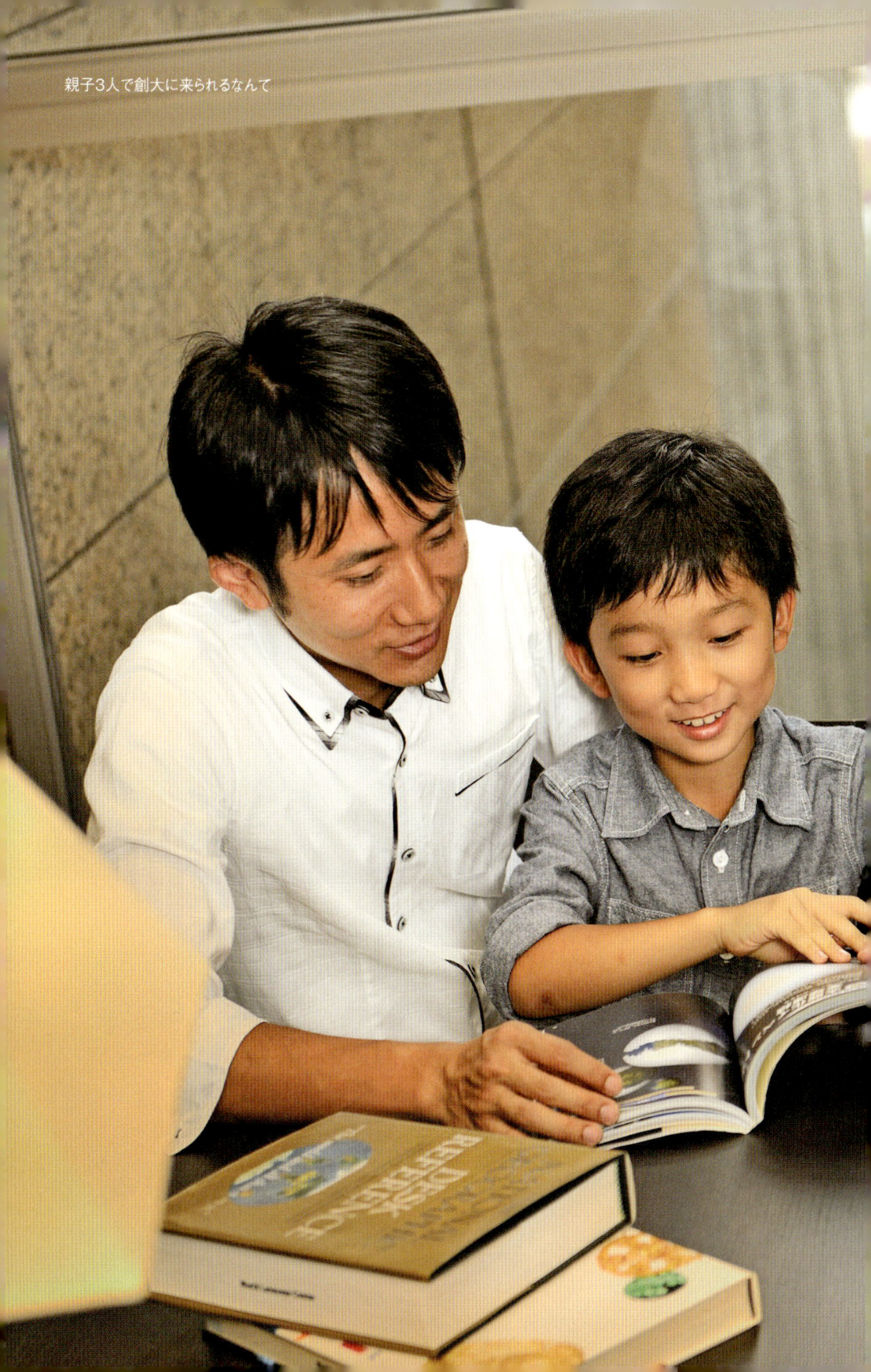

親子3人で創大に来られるなんて

Google Impact Challenge
世界をよくするスピードをあげよう。
あなたのアイディアを応援する Google インパクトチャレンジ。
Google インパクトチャレンジ賞
グランプリ

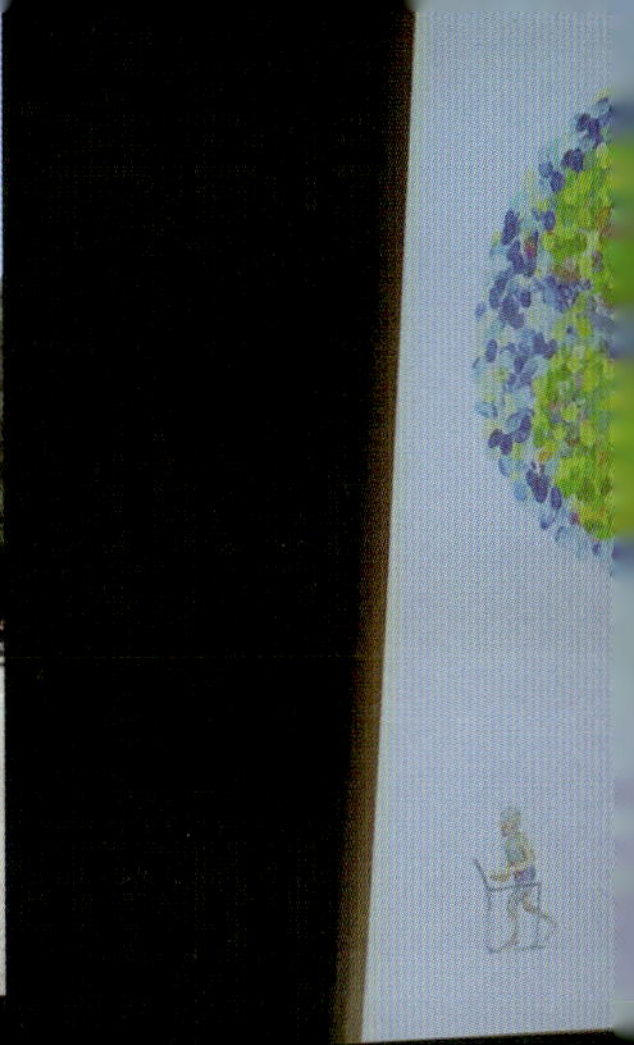

Google

6th GLOBAL
ENTREPRENEURSHIP
SUMMIT NAIROBI 2015

夢だったアフリカの大地に立った——ケニア・ナイロビの国際会議にて

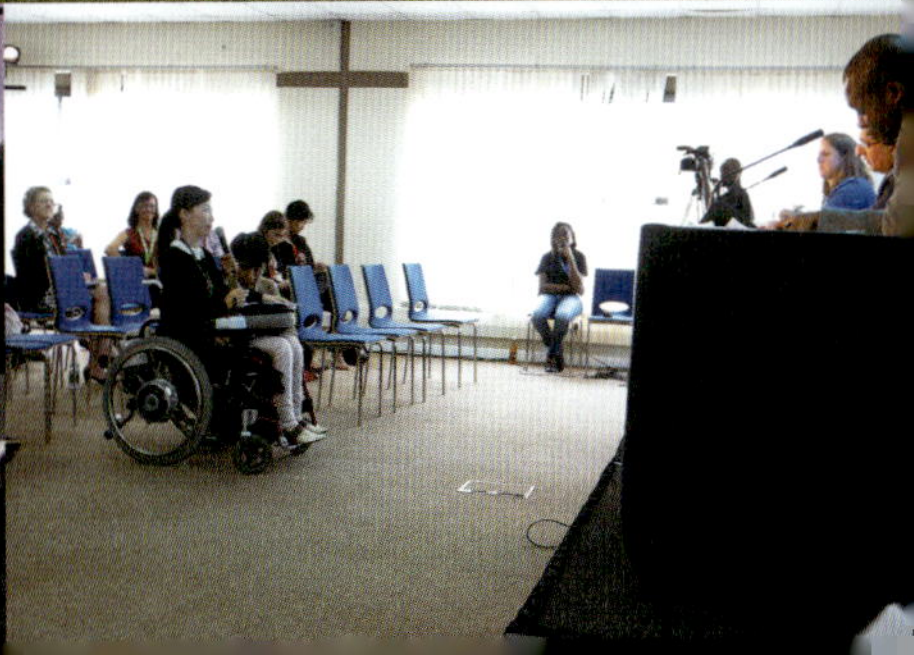

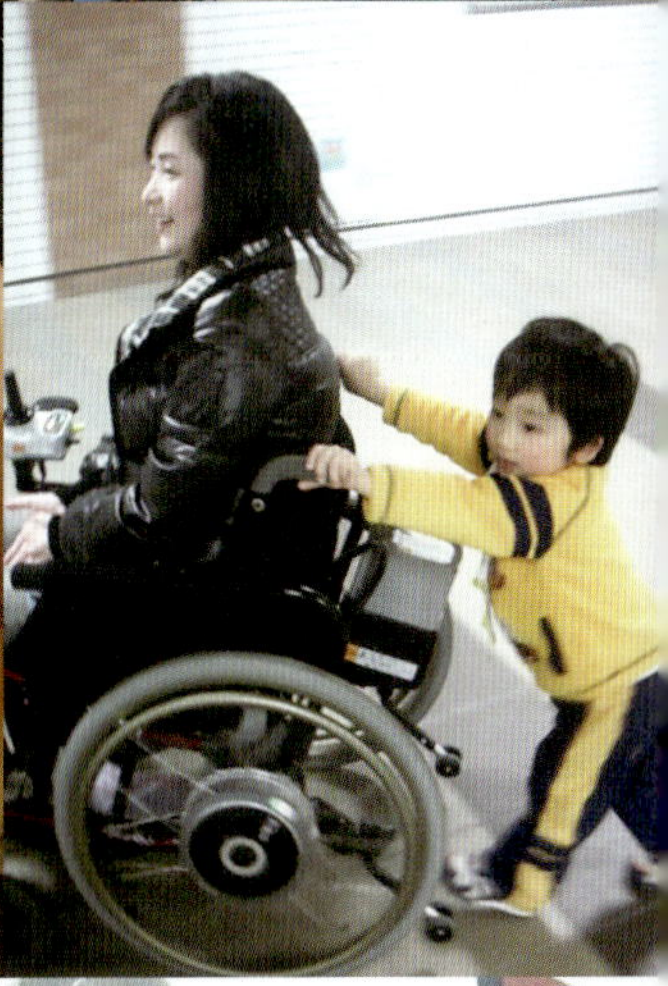

世界新三大夜景
長崎・稲佐山
標高 333m
2013 12 23

LEGO

第一章　心さえ負けなければ、大丈夫

第二章 大切な人たちと、奇跡の毎日

第三章 私は車椅子ウォーカー

第四章　私の使命

装幀・本文デザイン・組版

小倉英子（ATHLETE）

カバー写真撮影・メーキャップ

稲治毅・稲治教美

聞き手・構成

加藤瑞子

取材協力

公益財団法人 ダスキン愛の輪基金
ヤマハ発動機株式会社

第一章

心さえ負けなければ、大丈夫

別れた方がいいと思う

「私たち、別れた方がいいと思う」

2002年秋、大学4年生の私は、当時お付き合いしていた洋一に別れを告げました。交際して2年、彼を思う気持ちは変わりませんが、その時、私に診断された病名は「遠位型《えんいがた》ミオパチー」。将来どうなるのか想像すらつかない病気です。同情で付き合ってもらうのは絶対に嫌。それに今なら、大学時代の彼女と別れるだけのこと。傷は浅い方がいい。病気の私と別れることへの罪悪感も少しは軽くすむのでは……。しかし、洋一は「別れない」の一点張り。私と似たかなりの頑固者です。その後、事あるごとに別れ話をしましたが、彼は「嫌だ」と言い続けました。

私は1980年4月、大内家の長女に生まれました。父、母、妹が2人の5人家族。もともと運動が苦手で、小学生の頃は運動会の前日に「雨が降りますように」「リレーでビリになりませんように」と祈るような子でした。

中学受験に挑戦しましたが、結果は不合格。千葉・船橋市立御滝中学校では、管弦楽部に入部。素晴らしい恩師のもと厳しい練習を積み重ね、全国優勝（地元の中学に進んだのはこのためだったのだと痛感）。念願の第一志望で入学した創価高等学校では、茶華箏曲《そうきょく》部で初出場全国2位に！　部活動に全力で打ち込む中学高校時代でした。

そんな〝普通の学校生活〟でしたが、今思うと前兆はあり、友達と同じペースで歩けないくらい歩行が遅くなり、膝《ひざ》から下の脚がみるみる痩《や》せていったのです。

創価大学の経済学部に入学する頃には、ほぼ1日1回は転ぶようになり、膝は痣《あざ》だらけ。学年が進むにつれ、徐々に長時間の歩行が大変になり、階段では手すりがないと上がれず、缶ジュースのプルタブやペットボトルのふたが開けられなくなりました。何かおかしい……。体の異変に気付きながらも「きっと平気、運動不足なだけ」と、だましだまし生活していました。

大学では超難関の公認会計士の資格を目指すことにしました。その理由は、高校の卒業式。私が創立以来ジャスト10000人目の卒業生となり（卒業証書

10000号！）、創立者の池田大作先生から式典で呼びかけていただき、激励を受けたのです。その時「社会で役立つ人間になろう」と決意しました。

資格取得のため、税理士や司法試験などを目指す学生が所属する国家試験研究室に入り、授業以外に1日平均5〜6時間、時には10時間近く勉強しました。

洋一と出会ったのは、大学1年生の秋。彼は法学部でしたが、同じ国家試験研究室でした。

——何だか、よく話しかけてくるなぁ……。チャラいに違いない。

私の第一印象は〝軽そうな人〟。イケメンに苦手意識があり、勝手に決めつけてしまいましたが、後から聞くと、彼は私に一目惚《ひとめぼ》れだったそうで、もともと無口な性格で初対面の人には無愛想なのに、一生懸命、頑張って話しかけたのだそうです。

彼の内面を知ると、まじめで誠実。普段は寡黙な人でした。やがて私たちは付き合い始めましたが、お互い国家資格を目指す身。デートは、勉強の合間に映画を見たり、階段やバスの乗降が辛《つら》そうな私のために、毎日駅から大学まで送ってくれた車中でのおしゃべりくらい。それが二人にとっては大切な時間でした。

大学4年生になると、私は自宅の階段も手をつき、這《は》うようにしか2階に上がれなくなりました。両親に内緒で病院に行こうと思っていた矢先、父に言われました。

「友理子、その脚。ちょっとおかしいから、病院に行ってきなさい」

……バレていました。自分ではうまくごまかせていると思っていたのに。でも「周りから見ておかしいなら、本当に病院に行かなきゃ」と覚悟が決まりました。

遠位型ミオパチーって!?

「遠位型ミオパチー」と診断されたのは、2002年9月。当時、日本の患者数は約100人程度といわれ、病についてのデータが不足している現状でした。

10代後半から30代後半にかけて発症し、体の中心から遠い手足の筋肉から萎縮が始まり、徐々に進行。歩くことや立ち上がることが困難になり、発症から10年程度で車椅子生活に。命に別状はないものの、やがて全身の筋肉が奪われ、寝たきりになるといいます。

「残念ですが、今のところ治療法はありません。現段階では国の指定難病にも入っていない状況ですが……研究は進められています」

同席していたのは、父、母、私、そして洋一。付き合っている人がいると紹介したため、同席を許可してくれたのです。

「やっぱり……」。私は心の中でつぶやいていました。

◆超希少疾病「遠位型ミオパチー」とは――

友理子さんの正式な病名は「縁《ふち》取《ど》り空胞《くうほう》を伴《ともな》う遠位型ミオパチー」（GNEミオパチー）。ミオパチー（Myopathy）とは、筋肉の疾患を表す総称です。

筋ジストロフィーなど筋力が低下する病気に分類され、遠位型ミオパチーは国内では「縁取り空胞型」「三好《みよし》型」「眼咽頭《がんいんとう》遠位型」の3タイプが代表的です。空胞型は常染色体劣性遺伝で、父親と母親の両方ともGNE遺伝子に変異があり、変異のある遺伝子を共に引き継いだ場合のみ発症します。

治療法がないため、友理子さんは年に1回、入院検査で進行状況を確認することしかできません。検査項目は、血液検査、24時間心電図、心臓エコー、全身CTスキャン、骨密度などです。


自分でもインターネットで調べていたので、何となく予測はしていました。病名が判明し、私はむしろスッキリしました。

――これでやっと、闘う相手が分かった。


私は周囲の心配をよそに、難病に立ち向かう気満々。後から振り返ると、この時点ではまだこの病気の大変さがよく分かってなかったといった方が正しいかもしれません。多少の強がりもありました。

それに遺伝子の病気で私が落ち込めば、両親は自分たちを責めるかもしれません。でも、何万という遺伝子の気の遠くなるほどの確率で発症したのなら、それは使命。

身体の断面

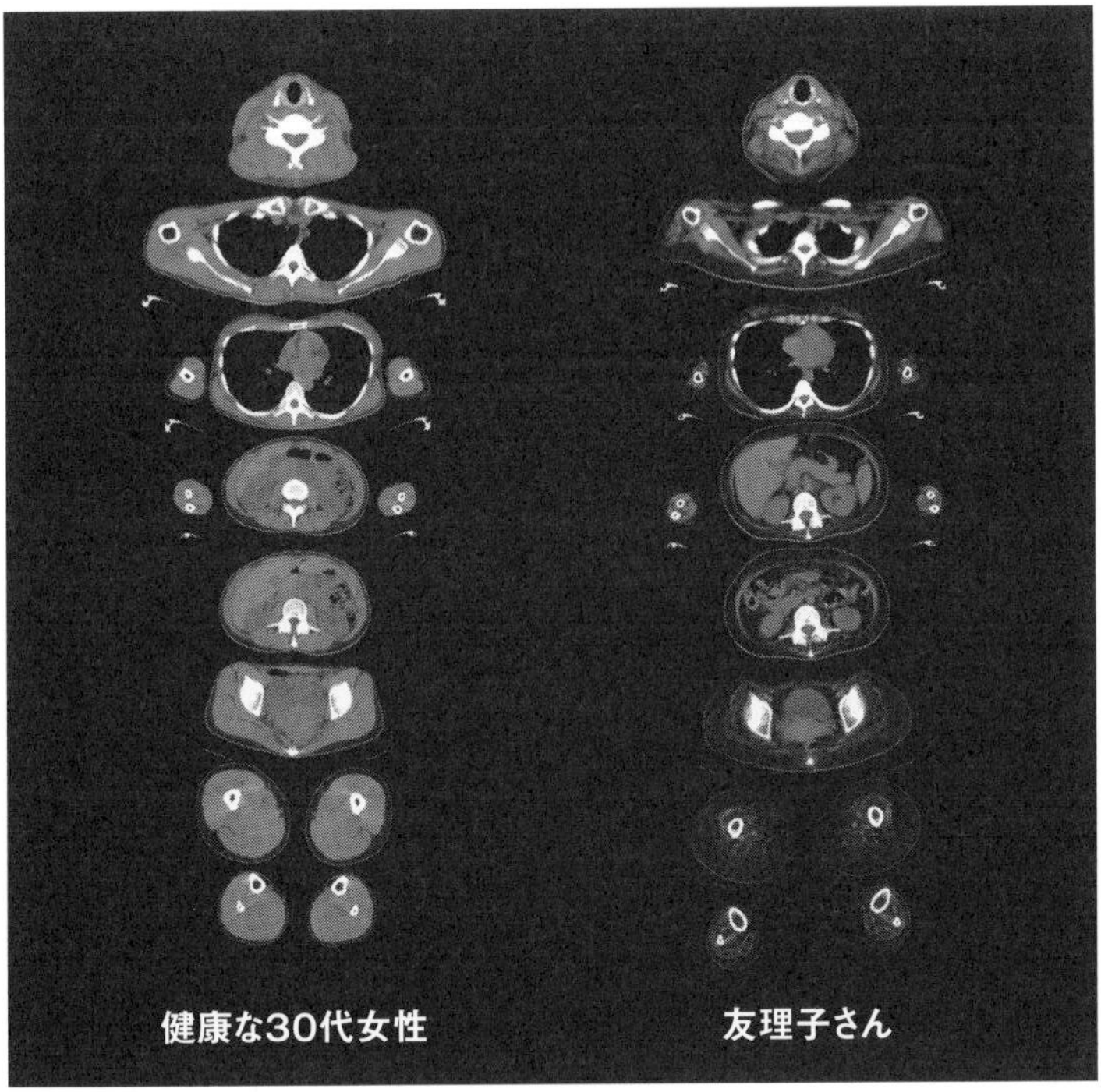

CT画像で、健常者の筋肉は灰色です。織田さんの筋肉は萎縮しており、また筋肉の変性や脂肪への置換が生じているため黒く見えます。
この変化は進行とともに顕著となり、織田さんの場合はGNEミオパチーで保たれやすい大腿四頭筋でも高度です。

画像提供・コメント 国立精神・神経医療研究センター病院 森まどか医師（2013年撮影）

強く乗り越える姿を見せるために、私がこの病気を選んで生まれたと捉えました。

「その人に乗り越えられない出来事は起きない」とよく聞きます。だとしたら、きっと乗り越えられるはず。体には症状が出ても、心は負けないと決意しました。

〝病は気から〟といいますが、治療法がない以上、闘う武器は心のみ。弱々しく落ち込んだ心では勝てません。私が闘う相手を選び指名したのなら、負けたくない！

そんな心境でした。

病気のせいで、諦めたくない

全力を出し切った結果には意味があり、努力は無駄にならないこと、そして新たな道が拓《ひら》けることを、私は経験から学んでいました。だから余計に、公認会計士を病気を理由に諦めたくありません。試験勉強を続けながら、2003年3月、私と洋一は大学の卒業式を迎えました。卒業文集には、こう記しました。

「病気を克服する。世界中の、自分にかかわる全ての人を巻き込んで、周囲を幸

せにしていける人間になる」

卒業した年の5月、2回目の公認会計士試験は不合格。再び翌年の試験を目指しましたが、合格率約8％前後の難関に加え、確実に衰えていく体力との闘いです。今までよりも指に力が入らず、気を抜くとペンを落としたり、分厚いテキストを持つのが辛くなったり、電卓をたたくスピードもかなり落ちました。秋になる頃には、握力は7キロに。女性の平均握力の3割に満たない数値です。頭では理解できても、電卓をたたき、文字を書く手が動かなければ合格できません。

2004年5月、試験会場は早稲田大学。会場は4階。エレベーターがなかったので、洋一に背負ってもらい教室へ。時間内ギリギリまで問題と格闘しました。

しかし――合格発表の日、私の受験番号はありませんでした。試験の合否そのものより、病気という現実が私の未来を変えてしまうのか……というやるせなさと悔しさで、しばらく何もする気が起きませんでした。

やり場のない気持ちから、八つ当たりしてしまった母の困惑した表情と、小刻みに震える背中を見て、さらに落ち込みました。そしてこれからは、言っても仕方のないことは言わない。両親を安心させるためにも、前だけを見て生きていこうと決めました。

やっと気付いた、難病の重み

2005年の春先、主治医が転勤することになり、私と洋一はご挨拶に伺いました。洋一は司法試験を目指し、大学院に進学が決まっていました。

いつものように二人で診察室に入り、ひと通り診察が終わると「異動になるから、言いっ放しになって申し訳ないのですが……」と先生。「何だろう?」と身構えると、私と洋一を見ながら「あなたたち、ご結婚は?」と聞かれました。

交際は続いていましたが、洋一は学生。二人ともそんなことは全く考えていません。突然の質問に驚き「先生、全然まだですよ~」とおどける私。

すると、いつも柔和な先生が、珍しく真剣な顔で「ちょっと彼、外していただけますか？」と言うのです。この雰囲気、まるで告知の時みたい……。ドクン、ドクンと鼓動が高鳴っていきます。

「進行性の病気なので、年を重ねると出産も育児も非常に大変になります。今より進行したら陣痛の時いきめないかもしれない。血が固まりにくい体質だから、帝王切開もリスクが高い……。可能なら、できる限り早く結婚した方がいいと思います」

「……こ、子どもは産めるんですか？」

こう聞くのが精いっぱい。頭が真っ白になり、のどが渇いていきます。

「今なら、なんとか」

先生は言葉を選びながら丁寧に説明してくださいました。他の先生方にも相談してくださったそうで、初診からずっと私の病状を診てくれていた先生の、私の人生を思ってのアドバイスでした。

「子どもを産むなら早く」と言われて初めて、この病気の重大さに気付きました。

〝病気に負けないこと〟で頭がいっぱいで、進行していくこの先の人生まで考えきれていなかったのです。私だけいろんなことが見えていなかったのかもしれません。

公認会計士だけじゃなく、小さい頃から当たり前に思い描いていた結婚や出産さえ叶《かな》わないの……？　抱えきれない思いが溢れ、告知の時ですら涙は出なかったのに、診察室を出るとワーッと泣き崩れてしまいました。

「どうしたの⁉」

駆け寄る洋一に、私は泣きながら、何とか先生の話を伝えました。

――この話は、もう何度目になるかな。きっとこれが最後だろうな。

そう思いながら言いました。

「だから、やっぱり別れた方がいいと思う」

「そうか……。じゃあ、結婚するなら今だね」

洋一は答えました。いともあっさりと。それがどういうことを意味するのか、本当に分かってるのかな……？　その後も、別れるか結婚するか何度か話し合いましたが、洋一の決意は固く「だったら不妊の可能性を調べるブライダル・チェックを受ける」と私が言うと、洋一は本気で怒り出しました。

「そんなの受けなくていい！　僕は子どもが欲しいためだけに結婚するんじゃない。友理子と生きていきたいから結婚するんだ。勘違いしないでよ」

洋一の強く真っすぐな眼差しには、一点の曇りもありません。ここまで言ってくれるこの人と、私もこれからの人生を一緒に生きていきたい。洋一のためにも病気に負けたくない！　私の覚悟も決まりました。

ただ、二人の間で結婚すると決めてからも、彼の両親はどう思うだろうか、そもそも本当に彼は私と結婚していいのだろうか、彼の人生を壊してしまうんじゃないか……。心の中では常に葛藤していました。

洋一はそれから親戚一同の了承を得てくれ、２００５年９月、結婚式を挙げました。まだかろうじて一人で歩ける状態でしたが、控室からの移動は車椅子を借りて、入場する時は二人で腕を組んでゆっくりと歩き、退場時はお姫様抱っこをしてもらいました。

大学の恩師をはじめ、私の高校、大学と仲の良い「プリンセス会」のメンバーや、たくさんの皆さんが温かく祝福してくださいました。

「何があっても、二人で力を合わせて生きていきます」

洋一が誓いを述べ、私たちの〝覚悟の二人三脚〟が始まりました。

自分の脚より、赤ちゃんの生命を

ちょうど結婚が決まったのと実家の新築の時期が重なったため、急きょ2世帯住宅に変更。父は建築士でもあるので、私の将来を考えてバリアフリーにし、車椅子でも生活できる環境が整いました。

遺伝や出産のことを心配した洋一は、インターネットで専門医を調べ、問い合わせていました。何も心配いらないと分かり、安心すると、すぐに赤ちゃんを授かり

ました。

しかし、妊娠5カ月目で不正出血があり、切迫流産の危険があるとのことで、緊急入院。残り4カ月間、ほぼ寝たきりの状態で過ごさなくてはならなくなりました。健康な人でも、何カ月も歩かなければ、脚の筋肉は衰えます。当時の私はギリギリ歩けていた状態。これで4カ月間、全く歩かなければどうなるか……。

産んだはいいけど、歩けなくなったらどうしよう。赤ちゃんに何もできなくなっちゃうかも……。病室の白い壁を見つめていると、恐怖感が襲ってきます。先生に、ベッドの上でのリハビリやストレッチができないか尋ねましたが許可は出ません。1カ月ほど病室で過ごし、他の妊婦さんと交流するうちに「自分の筋肉よりも大事なのは赤ちゃんの命だ」と踏ん切りがつきました。

たとえ車椅子生活になっても、赤ちゃんの命を守ることを最優先に――。寝たきりの入院は退屈でしたが、洋一の大学院がすぐ近くで、1日1回は来てくれ、たまたま再会した高校同期の研修医や、友人たちも頻繁に見舞いに来てくれました。

その後、前駆陣痛が始まり、低体重児で生まれる危険から母体胎児集中治療室のある病院に緊急搬送されました。さらに絶対安静の状態となりましたが、2006年8月27日、無事に自然分娩で元気な男の子を出産することができました。名前は「栄一」。退院後は母乳もよく飲んでくれて、栄君は順調そのもの。

それは喜ばしいことでしたが、私の脚は約4カ月間の絶対安静により、一人で立ち上がる力がなくなっていました。覚悟の出産は、喜びとともに、私の人生を次の段階へと導くことになったのです。

◆友理子さんを支える人たち——

この章では、ご主人の洋一さん、妹の節子さんに、発病から結婚までの話を聞きました。

◎洋一さん

——親族会議を開かれたそうですね。

実家は長崎ですが、横浜に親戚がいて、最初はそこで皆に結婚の相談をしました。まず、両親より先に外堀を埋めようという作戦です（笑）。

その後、父が上京する機会に話をしました。父が長崎に戻ったタイミングで母に電話をすると「結婚してから病気になる人もいるし、分からないことだから、大変なことは多いだろうけど、二人で協力していきなさい」と言われました。

――結婚への思いは？

僕が大学卒業後の進路が決まらなかったり、いろいろと辛いことがあって落ち込んでいた時に、友理子は明るい性格なので、すごく励ましてくれて救われました。なので病気の友理子を支えることは「次は僕の番」という思いでした。

病気についても僕なりにいろいろ調べていたし、将来のことについても、彼女よりも冷静に受け止めていたと思います。

◎節子さん

――お姉さんの病気が判明した時は？

姉は、苦しんでいる両親の姿を見るのが辛かったと思います。周りに対して弱音を吐かない強さに驚きました。私は今後の不安と「自分が姉の立場だったら、どう振る舞っただろう」と考えました。両親に「友理子が一家の宿命を代表して背負ってくれている」と言われ、姉への感謝と、私はどう支えられるかを考えました。

――ホームヘルパー２級を取得されました。

実は……当時はそこまで姉に介助が必要になると想像していなくて、姉のためというより、大学の講座に興味があり取得しました。が、姉の病気が判明する前と後では、介護への意識に差が生まれました。その後、姉の留学や旅行に同行してヘルパーの知識が役立ったので、振り返ってみると良かったなと思います。

──家族の応援について。

姉の発病は大人になってからなので、両親は常に姉の意志を尊重してサポートしています。いつも両親が全面的に応援してくれるので、何か私にできることがあった時（旅行、外出時の介助等）その都度相談してきました。

ＰＡＤＭ（パダム　遠位型ミオパチー患者会）設立と署名活動

遠位型ミオパチーは患者数が少ないため、診断時に医師からは「生きている間に同病者に会うことはないかもしれない」と言われていました。しかし、インターネットの普及でブログなどをきっかけに同病の方たちと知り合い、２００８年４月に任意団体「ＰＡＤＭ《パダム》（Patients Association for Distal Myopathies）遠位型ミオパチー患者会」（以下、ＰＡＤＭ）を発足しました。患者である正会員38名（代表1名、運営委員３名）で活動を開始。私も運営委員となり、忙しい毎日が始まりました。

私はそれまで「患者会」という集まりに、何となく重苦しいイメージを持っていて（勝手な先入観です）自分がそういう活動をするとは全く考えていませんでした。でも「患者会をつくり、声を上げなければ何も変わらないのなら、やらなきゃ」と、最初は「自分の病気の薬ができたらいいな」という個人的な思いから活動に参加しました。

同病者の中には「患者会に出ると、病状が進行した方を目にすることになり〝私もいつかこうなるんだ〟と辛くなるので参加したくない」という方もおられ、その気持ちも、よく分かります。いろんな方がいる患者会。私はその方の病状よりも「その人がどう生きているか」に目を向けるよう心がけてきました。まさに〝人を見る〟です。すると、その方がどんな状況で生き抜いておられるかを感じることができます。病状が進行してもＰＡＤＭの活動に顔を出してくださるなんて、すごいことです。もちろんネット上でもです。そうした皆さんは一様に、若い世代に自分たちの生活の知恵や工夫を惜しげもなく伝えてくださいます。同病者と出会えないかもしれないと言われていましたが、同病者同士でしか分かり合えないこともたく

2008年5月 初めての街頭署名活動（大宮駅）

2014年6月 最終署名提出

さんあります。出会えたことはご縁だと思います。

ＰＡＤＭの目標は「難病指定」と「治療薬開発」です。

「一日も早く患者の手元に薬を！　何もしなければ何も変わらない！」

これを合言葉に、全国で街頭署名活動を開始しました。「署名を集めて何になるのか」との批判的な意見も山ほど寄せられ、行政の方や国会議員から冷たい態度をとられたこともありますが、私たちが諦めたら、そこで希望が絶たれてしまいます。

幸いなことに、私たちの活動がテレビ番組や新聞記事などに取り上げていただく機会が増えると、それを目にした多くの方から署名が寄せられるようになり、平均年1度のペースで、厚生労働省の大臣・副大臣・政務官に直接手渡しで提出することができました。

２０１４年5月17日の最終署名総数は、なんと、２０４万３３７９筆になりました。この署名が強力な後押しとなり、２０１５年1月、ついに「指定難病」となることができたのです！　こんなにも多くの方々にご協力いただけるなんて、誰が想像できたでしょうか。この驚くべき数字は、患者の励みとなっています。これからもずっとそうだと思います。

署名にご協力くださった皆様、本当にありがとうございました。

薬ができるかも⁉

縁取り空胞を伴う遠位型ミオパチー（GNEミオパチー）は、日本の医師である水澤英洋先生、埜中《のなか》征哉先生が世界で最初に特定した疾患です。そのため、治療法の開発も日本で――と、原因究明の研究を重ねているのが、国立精神・神経医療研究センターの西野一三先生。日本での治験を担われているのが、東北大学病院神経内科の青木正志先生です。

PADMが発足した翌年、西野先生たちにより、GNEミオパチーについてマウス実験でシアル酸等が有効であるということが証明された研究成果が、世界的権威である医学雑誌「ネイチャー・メディシン」に掲載されました（2009年5月）。

シアル酸とは、人の母乳やツバメの巣、牛乳、鶏卵などに含まれている成分。もしかしたら、この研究で筋力の低下を抑えることができるかもしれません。このニュースを聞いた時は跳び上がるほど嬉しく、泣きながら大喜びしました。

いつか薬を飲めるかもしれない。病気の進行を遅らせることができるかも!

しかし、現実は非常に厳しく、薬をつくってくれる製薬会社は現れませんでした。

患者数1000人未満の疾患に用いられる治療薬を「ウルトラオーファンドラッグ」と呼びます。患者数が少ないと、研究成果が上がったとしても、新薬開発に数十億円以上の開発費がかかるため、

第6回 PADMシンポジウム「ウルトラ・オーファンドラッグの創薬環境」の様子

製薬会社は採算がとれないのです。

「オーファン」とは英語で「孤児」という意味。希少疾病ゆえに薬をつくってもらえない私たちを「孤児」に例えられた言葉です。

私たちには〝薬はぜいたく品〟なのでしょうか？　せめて今の状態を保ちたい。少しでも早く薬を飲めたら、今、ギリギリできていることを持続できるのに……。

一般的な薬は、治験制度に則り承認・上市されますが、その流れに乗れない病気も、これからたくさん出てくると思うのです。もちろん、製薬会社の立場も理解できますが、今の日本の新薬開発制度に疑問を感じるのも事実です。

せっかく研究成果があるのに、諦めたくない。精力的に製薬会社を訪問しました。PADMでは、医師・研究者・行政・企業・議員などあらゆる方面から関係者を招き、シンポジウムを開催。病気の認知度向上と希少疾病の創薬について情報発信しました。

こうした地道な活動を続ける中、とうとう日本のベンチャー企業が現れました！

この決断に、私たちは心から感謝しています。

ＮＥＤＯ（国立研究開発法人　新エネルギー・産業技術総合開発機構）の助成事業により、２０１０年11月、東北大学の青木正志先生によって医師主導の第Ⅰ相試験が開始されました。この時の試験では「安全性に問題なし。明らかな血清中遊離N-アセチルノイラミン酸濃度の上昇を認め、尿中排泄量はわずかだが概《おおむ》ね増加した」ことが確認されました。ここからが本番と思った矢先――資金が底をついてしまったのです。

その後、東北大学で追加試験が再開されるまで約2年が必要でした。

それまでは日本各地から東北大学のある仙台への交通費は、各被験者の自己負担だったのですが「患者にできることは何だろう」と考え、インターネットを通じて不特定多数の人々から資金調達を行う「クラウドファンディング」に挑戦しました。その結果、56万４０００円という多くの募金をいただくことができ、おかげさまで第Ⅰ相の追加試験からは、被験者・同行者の交通費をＰＡＤＭから給付することができました。

私たちが新薬を手にするまでにはまだ数年かかり、莫大な開発費が必要です。進行性の患者にとっての〝数年〟は、健康な人の〝数十年〟に匹敵する重みをもって

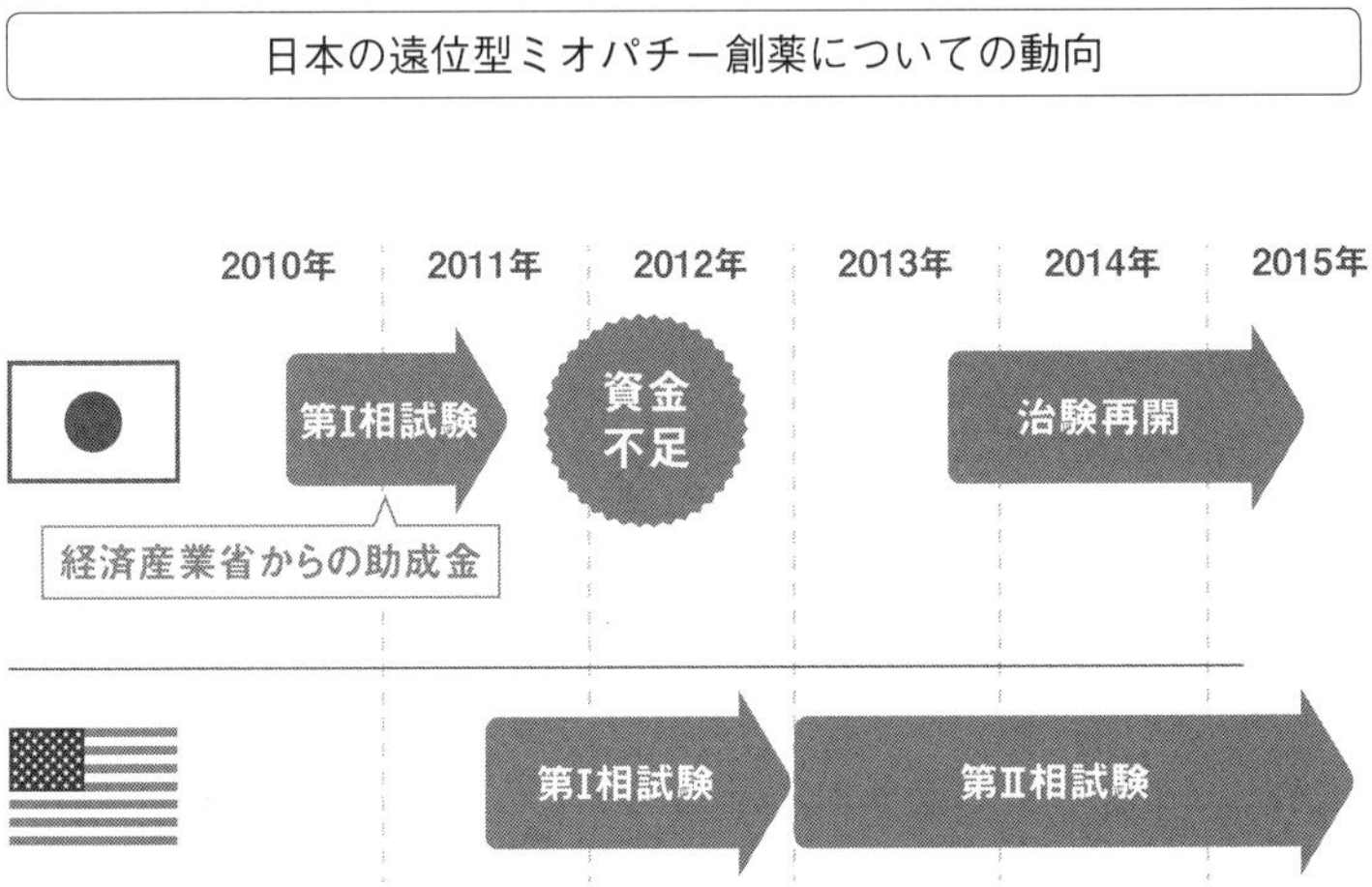

日本が資金不足の間に、アメリカのベンチャー企業が治験を開始

いるといえます。決して簡単な話ではありませんが、ぜひとも一日でも早く開発していただきたいと願っています。

確かに超希少疾病の新薬開発は困難を極め、まして患者ができることなど、ごく限られたことしかありませんが、自分たちにできることを積み重ね、前進していくしかありません。各要望書の提出なども、積極的に行っています。

ＰＡＤＭはこの活動を、同じように希少疾病で苦しんでいるすべての人のために「超希少疾患における創薬のモデルケースにしよう！」と未来に向かって目標を定めました。

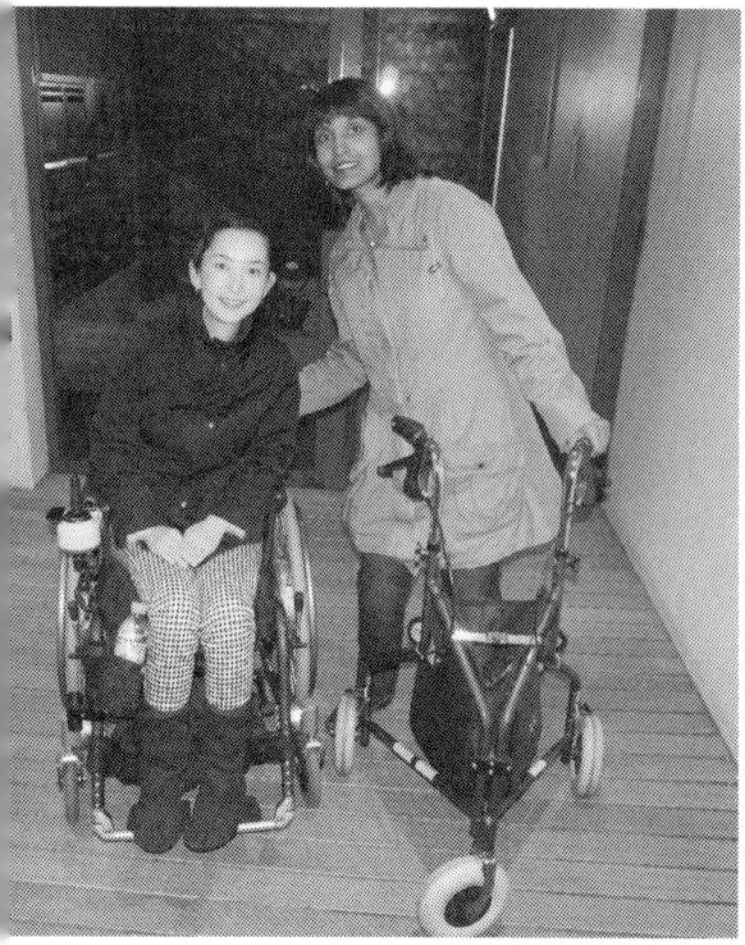

海外の同病者の方と

当事者運動の原点「デンマーク留学」

２００９年、翌年30歳の節目を迎えるという時「人生、60歳からが勝負！」という言葉を耳にしました。握力は落ちる一方で、左手はうまく動かなくなったけど、これから何かに挑戦したいな、諸外国の障害者を取り巻く環境はどうなっているのだろう？　そんなことを考えていると、障害者の留学制度の応募情報が目に飛び込んできました。財団法人 広げよう愛の輪《わ》運動基金（現在の公益財団法人ダスキン愛の輪基金）という留学支援制度です。

留学。病気になってから、一度も考えたことはありませんでした。福祉先進国のデンマークに行き、この目で見てみたい。まだ3歳の息子のことは気がかりでしたが、夫と両親がみてくれると言ってくれ、すぐに応募しました。

２０１０年7月から半年間、デンマークのエグモント・ホイスコーレンという学校に留学しました。研修テーマは「福祉先進国における障害者を中心とした当事者運動について」。この学校は全寮制で約3分の1が障害者で完全バリアフリー。私は特例措置として妹の節子の同行を許可していただきました。

「なぜデンマークは福祉先進国なのか」——高税率で物価高。でも「将来への貯金は必要ない」といいます。貯金は旅行に行くためぐらいで、教育費や医療費はお金がかかりません。選挙の投票率は平均80%以上。高税率で税金を納める分、本当に国民に価値的な使われ方をしているか、政治をしっかり監視していました。選挙権は18歳から。政治に関心のある方ばかりでした。

日本と比較して最も違いを感じたのが、ヘルパー制度。障害者が雇用主としてヘルパーを面接し採用するので、気の合う方に頼むことができます。雇用関係にあり慣れ合いもありません。ヘルパーの地位も確立され、十分な給料を得られる人気の職業なのです。

高齢者についても、日本のように家族が疲弊しながら面倒を見るという感じではなく、要介護などの大変な状況になる前から老人ホームに入り「家族には週に1回来てもらうのよ」とあっけらかん。家族が距離を保ち、お互いの人生を謳歌して良い関係を築いていました。

学生との語らい（デンマーク）

「家族だけに頼るというのは良くないのかな……」という思いが、私の頭をよぎります。

一般的にデンマークでは「18歳以上は親元を離れ一人暮らしが当たり前」なのですが、障害者も同じでした！　ヘルパー制度と、リフトなどの福祉機器が充実していれば自立は可能なのです。デンマークでは車椅子からベッドなどへの移乗、立ち上がりなどでリフトが積極的に使われています。ちなみに日本では、最近は少し変わってきたように思いますが、多くは人力に頼り普及は遅いと感じます。

リフト使用が法律で義務化され、介助者が腰を痛めない配慮の徹底ぶり。健常者が階段だけでなくエスカレーターを使うように、障害者もリフトを当たり前のように使う。これがあれば夫や介助者への負担も軽くなります。介助される側である障害者も、介助者の安全を最大限配慮する義務があるのだと、痛切に感じました。

留学前、私は「障害者である」という自覚を全く持てていませんでした。健常者と障害者でラインを引くのが、すごく嫌で。確かに自分の車椅子を作ったけれど、

デンマーク筋ジス協会会長　エーバルド・クローさんの自宅にて

まだ障害者と思いたくなかったのかもしれません。そんな複雑な思いを抱いて留学した私に、最も大きな変化をもたらしたのが、筋ジストロフィー協会会長のエーバルド・クロー氏です。

障害者全体の問題に、当事者として長年かかわってきた方で、人工呼吸器や人工胃が必要なほど重い病気を抱えながらも、とても魅力的。私も将来は、こんな人になれたらいいなと感じ、患者会活動のアドバイスを求めました。

「憐《あわ》れみ、同情ではなく、面白い団体だなと思ってもらうことだよ。どんな状況でもユーモアを交えて交渉相手とかかわること。楽観主義でね。障害がありながら一番良くないのは文句ばかり言う人。仲間と励まし合い、一緒になって世間の見方や考え方を変えることが大切。何もしなくて相手から変わることはないからね。時代によって活動の形を変えていくことも大切だよ」

やはりそうか……。「障害者って可哀想」とか「助けてあげなきゃ」となりがちなところを、そうではないとハッキリ言われました。自分たちのことを理解してもらうためには、可哀想という同情を集めてはいけないのです。

――自分が障害者であると自覚するからこそ、当事者運動が実のあるものに繋がっていく。

帰国後の私は「障害者です」と堂々と言えるようになりました。患者会やシンポジウム、講演、さまざまな活動は、障害者である私だからこそできる使命の場。クローさんの言葉は、私の今の活動に生きています。

◆友理子さんを支える人たち――

〈ダスキン愛の輪基金とは？〉

公益財団法人　ダスキン愛の輪基金「ダスキン障害者リーダー育成海外研修派遣事業」の第30期個人研修派遣生として留学を果たした友理子さん。

この事業は1981年、国連で決議された「国際障害者年」にちなみ、障害者の社会参加と平等実現を目指して発足。地域社会のリーダーとして貢献したいと願う障害のある若者が対象で、会員からの会費、ミスタードーナツ店舗などでの募金、その他献金などで運営されています。
応募者は書類審査、面接審査・健康診断を経て選考され、現在484人が研修を修了し、帰国後は大学教授やパラリンピック選手など多彩な分野で活躍。留学報告会では友理子さんも複数回にわたり講演しています。担当スタッフの方々から話を聞きました。

〈スタッフの方からの声〉

・織田さんの講演は毎回「真剣勝負」で、依頼内容に合わせて進化しています。

・織田さんはひと言で言うと「強運の持ち主」。というより運を引き寄せる言動をし続けている女性です。優しさや心配りはポジティブ思考の鏡で、一つのご縁を大切に次のご縁に繋げる〝名人〟です。

・課題があればあるほど、挑戦する心が強い人。多くの仲間に支えられていることに感謝しながら、周りの人に元気・勇気を与え続ける人です。

2014年 第35回ミスタードーナツフレンドシップフェスティバル東北地域大会にて

2015年春「グーグルインパクトチャレンジ」に挑戦！

署名活動から始まったPADMは、2014年にはNPO法人化し、遠位型ミオパチーも指定難病に認定されました。2015年4月には、私が当会の代表に就任しました。

PADMが次のステップへ変化する時期と感じていた時「グーグルインパクトチャレンジ」の募集要項を知りました。なんと助成金5000万円！「世界をよくするスピードをあげよう」とのテーマで、日本国内の非営利団体を対象に、テクノロジーを活用してより良い社会をつくるアイデアを募集する取り組みです。

2014年から、洋一と二人で個人的に立ち上げた動画サイト「車椅子ウォーカー」は、車椅子ユーザーの情報を発信しています。当事者投稿型の「バリアフリーマップ」を作ろうと思い立ちましたが、応募条件であるNPO組織ではありません。早速、PADMの理事会で相談すると「会員は車椅子ユーザーが多い。それでいて、より良く社会を変えていきたいという意識がとても高い。ぜひ、PADMでやりましょう」ということになり、急いで準備を始めました。

ＰＡＤＭは難病団体でもあり障害者団体です。当初は難病ばかりに目を向けていました。薬も大事ですが日常生活の悩みが常につきまとう疾患です。近年は見て触って体験できる福祉用品フェアを全国各地で開催したり、障害者制度を調査するなど、障害者団体としての活動も展開し始めました。

「みんなでつくるバリアフリーマップ」とは、簡単にいうと「世界中の車椅子ユーザーが訪問したエリアのバリアフリー情報を、スマートフォンの機能を利用してマップ化する」という事業内容です。

スマートフォンにはたくさんのセンサーが内蔵されているので、車椅子に取り付けて走行するだけでも多くの情報が得られます。例えば、ＧＰＳの位置情報による走行履歴は、車椅子の通行可能を示す情報になり、加速度センサーからは路面の凹凸情報が取得できます。一緒に映像も撮影すれば、さらに分かりやすくなります。

例えば、私が北海道や沖縄のバリアフリー情報を収集できるわけではありません。北海道のことは北海道に住む車椅子ユーザーが、沖縄のことは沖縄に住むユーザーが、誰よりもご存じなはず。その情報を日本全体で集め、必要としている人のために役立たせられたら、どんなに素晴らしいでしょう。誰かがアップした情報が、誰かの役に立つのです。

こうしたバリアフリー情報を、誰でも手軽に投稿できるアプリケーションを開発し、サイト上で相互に閲覧でき、評価、依頼できる仕組みを構築する。このようなアイデアを、締切間際まで何回も繰り返し書き直し、まとめ上げました。

2015年3月16日、ファイナリスト10組が発表され、私たちは、なんとその中に選ばれたのです。その後は10日間にわたる一般投票。PADMの林雄二郎事務局長を中心に、投票依頼はがきを出すなど地道な活動を続け、フェイスブックシェア、メルマガ、ブログ、ラインとあらゆる方法で協力をいただきました。

そして3月26日、本番当日。緊張しましたが、審査員へのプレゼンテーションを何とか無事に終え、あとは発表を待つばかり。一般投票とプレゼンテーションをもとに選出されます。他の9組の皆さんの素晴らしいアイデアに圧倒され、私は選ばれるとは全く思っていませんでした。

結果は――なんと、グーグルインパクトチャレンジ賞グランプリ受賞！　信じられません。2組がグランプリを受賞し、全部で4団体が受賞しました。

現在は、林事務局長と私たち夫婦、技術責任者として島根大学の伊藤史人氏、知識責任者として吉藤オリィ氏の5人が中心となり、週に2回ペースでスカイプで1時間から2時間程度の会議を行っています。

このプロジェクトは、PADMの今後の大きな取り組みの一つとなることは間違いありません。この仕組みが実現できれば、外国からも車椅子ユーザーが安心して日本に来るために、とても有益な情報になるはずです。やがては世界プロジェクトにしていきたい。好事例を収集することにより、途上国のバリアフリー化のお役にも立ちたいのです。

私は納得しないと動けない性格なのですが「地道に進めてきたことが、思いもよらぬ出会いや出来事に繋がる」と、後で振り返ると思うことが、たくさんあります。全力で頑張れば、誰かが見ていてくれる。人生って面白いですね。

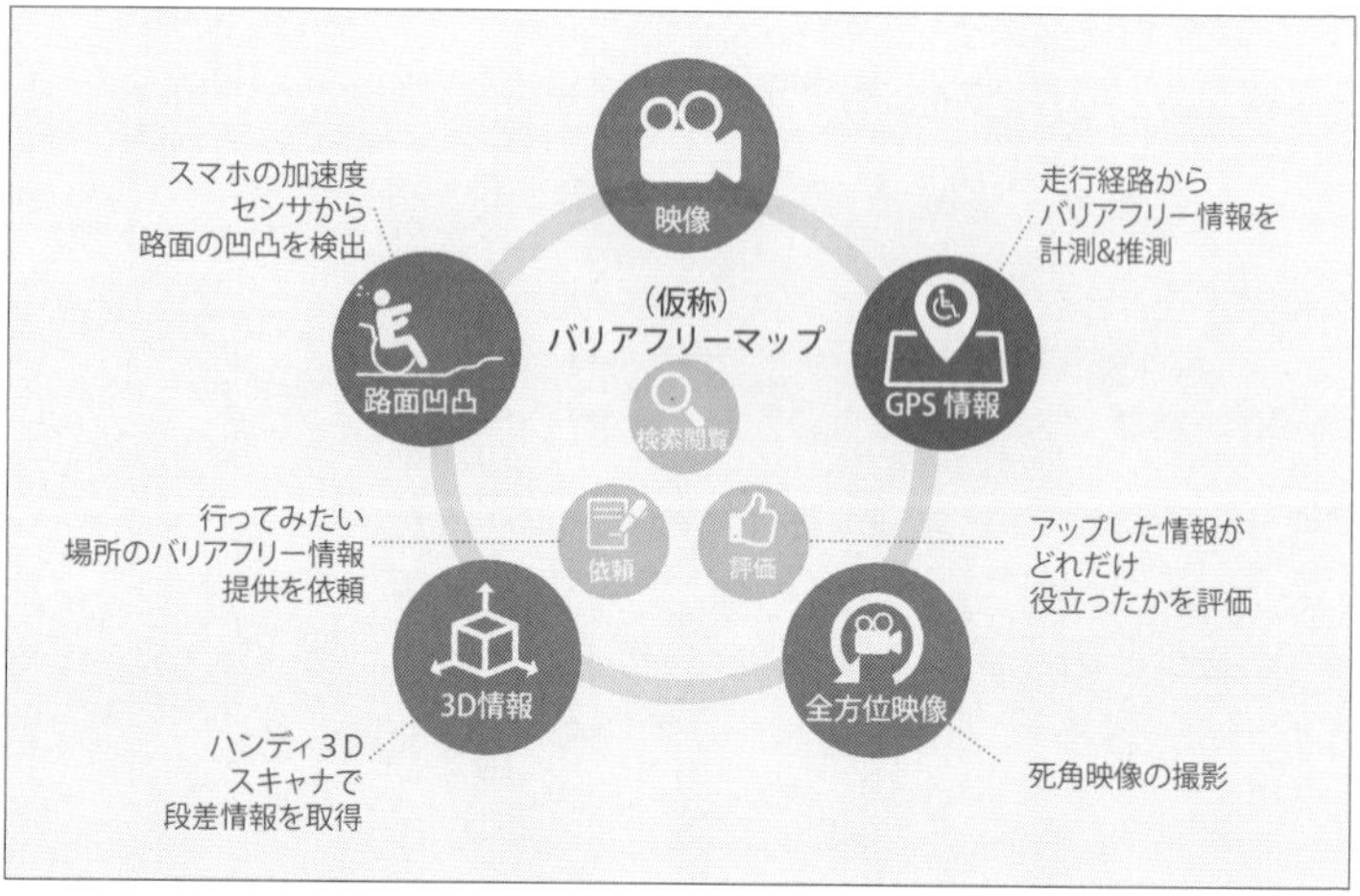

「みんなでつくるバリアフリーマップ」イメージ図

グーグルインパクトチャレンジ授賞式にて。プレゼンターは宇宙飛行士の野口聡一さん

◆友理子さんを支える人たち――

ＮＰＯ法人や署名活動など、ともに活動してきたＰＡＤＭ事務局長に話を聞きました。

◎林雄二郎さん

――友理子さんに感じていることは？

あたかも健常者のように、自分の病気を感じさせない雰囲気で、いつも笑顔で周りを明るくしています。出会った一人一人を大切にするので、繋がりが広がり思わぬ良い効果が得られます。発想豊かで頭の回転が速く、常にポジティブ。人を惹《ひ》き付ける魅力があり「何か手助けしたい」というファンが多く、私もその一人です。

――患者会にとって友理子さんの存在とは？

自分より会員のことを一番に考えています。メディアに取り上げていただく機会が多く「遠位型ミオパチー」の認知度を飛躍的に大きくしてくれました。行動力もあるので、タイムリーな要望提言や折衝で、リーダーシップを発揮しています。

いつもフルスロットルで活動されているので、彼女の病気の進行や疲れが心配ですが、そのパワーこそ友理子さんらしくもあるので、今のままでいてほしいです。

――夫妻について。

病気を知って結婚された洋一さんは、相当な覚悟があったと思います。友理子さんの介護、家事、息子さんの世話とパートナーとして当然かもしれませんが、嫌な仕草や言動もなく飄々とこなしている姿にはいつも驚かされます。自分が洋一さんの立場だったらそこまでできているか疑問です。私も妻に介護してもらっている立場ですので、いつも感謝の気持ちは持ち続けています。

――林さんご自身について。

私の症状は緩やかな進行でありがたいです。還暦を過ぎ、若い人の発想についていけない場面も多々ありますが、友理子さんを支える一人として一緒に活動していきたいと思います。

進行性の病気で、薬の開発や治療法確立が喫緊《きっきん》の課題ですが、まだまだ年月がかかりそうです。ならば今何をするべきか考え、日々のQOL（生活の質）向上や車椅子でも気軽に外出できるバリアフリーマップの開発に力を入れ、難病患者の社会参加の機会確保と、地域社会での尊厳を保持した共生を実現していきたいと考えています。

織田さんご夫妻との巡り会い

国立精神・神経医療研究センター病院院長　水澤英洋

織田友理子さんとの出会いは幾度となくありました。

最初は、東京医科歯科大学医学部附属病院の神経内科の外来に患者さんとして来院された時です。その後入院されて筋生検を経て「縁取り空胞を伴う遠位型ミオパチー（Distal myopathy with rimmed-vacuole）」と診断いたしました。私がこの疾患を新しい病型「高度の空胞変性を伴う遠位型ミオパチー」として提唱した時は東京大学医学部附属病院のレジデントの頃ですが、その時、三好型に相当する患者さんをご紹介いただき東京医科歯科大学まで臨床講義のお手伝いに来たことがありました。したがって、東京医科歯科大学に着任したこと自体も遠位型ミオパチーとの不思議なご縁を感じております。実は、織田さんのこのご入院の時のことは詳細には覚えておらず、後で述べる2回目の出会いの時に、「実は……」と説明していただいて思い出した次第です。後で、御著の中でもこの時の病気のご説明の様子などについて触れておられ拝読いたしました。やはり、一生懸命にやっているつもりでいても、患者さんの気持ちに十分寄り添うことは簡単ではないことも教えていただいた気がします。

2回目の出会いはよく覚えています。ご連絡をいただき、外来でお会いしたと思いますが、遠位型ミオパチーの患者さんの会（ＰＡＤＭ）をつくりたいというご相談でした。私自身、筋疾患を含め多くの神経疾患は発症機序の解明が十分ではなく、根本的治療法のない難病であり、患者さんの数も少ないことから、その克服には医師や医療者のみならず、患者さんとご家族の参加が必須であると思っていました。したがって、もちろん大賛成ではありましたが、すでに筋ジストロフィー全体をカバーする患者・家族会がありましたので、ご一緒に活動することをお勧めした次第です。もしかしたら気分を害されたかもしれないと少し心配したりもいたしましたが、すでに一患者さんというよりＰＡＤＭの役員としての公人としての大変ご立派なお姿だったと思います。

私もＰＡＤＭの結成の頃からでしょうか、学術顧問という立場にさせていただき、ＰＡＤＭ主催のシンポジウムなどのお手伝いをさせていただいておりますので、毎年どこかでお会いしているように思います。織田さんや辻前代表を含めたＰＡＤＭの皆様の実行力は素晴らしく、メディアや政治家の皆さんも含めて、多くのサポーターを動員する力には心から敬服しています。それは医師に対しても同様です。私が日本神経学会の総務幹事や代表理事の頃、学術大会での展示ブース設置のご希望があり、毎年続けておられますが、長い学会の歴史の中でも画期的なことでした。多くの患者会では、疾患についての医学的な啓発や会員の要望を纏《まと》めて行政に訴えるといったことが多いのですが、ＰＡＤＭでは具体的に治験を進めるべく政治にも訴えて、シアル酸の治験はもとより難病医療全体の発展にも大きく貢献していただいていると思います。

そのような中で、織田さんの別のお姿に接するチャンスもありました。熊本の世界筋学会の時でしたでしょうか。ご主人と坊ちゃんを紹介していただきました。すなわちご家族の中でのお顔です。一言でご家族の支えというより、ご主人とお二人で、ご家族全員でＰＡＤＭのために、遠位型ミオパチーの治療法開発のために、活動を続けておられるお姿を見て大変感銘を受けたことをよく覚えております。ただ、この時も確かデンマークでしょうか、ご留学されるというお話を伺いましたし、その後も国際会議への出席など、日本のみならず世界に活動の場を広げておられますので、お一人で活動せざるをえないところも多いと存じます。いずれにせよ、私のご家族に対する尊敬の念はその後もますます大きくなっております。

私は、思いもかけず、２０１４年４月に東京医科歯科大学から現職に異動することとなりました。遙《はる》か昔に、私自身が１年弱ですが筋疾患の研究を行った所であり、現在、遠位型ミオパチーの国際研究拠点の一つでもある国立精神・神経医療研究センターに奉職することとなり、不思議なご縁を感じています。最近の思い出は、グーグルの活動支援助成への応募活動や、研究者への研究支援制度の立ち上げのお手伝いなどですが、多少でもお役に立てればと存じております。これからもお元気でご活躍ください。そして、一刻も早く遠位型ミオパチーによいお薬が完成しますよう、共に頑張りましょう。

第二章

大切な人たちと、奇跡の毎日

夫は宇宙人⁉

今は、大変ありがたいことに忙しい毎日を過ごしておりますが、こうしている間にも私の病状は少しずつ確実に進行しています。

夏の暑い日に、髪の毛が1～2本、目の周りや顔にピタッとくっついた時、気持ち悪くて振り払いたくても、もう今の私にはできません。友達が赤ちゃんを連れて遊びに来てくれた時「可愛い！　頬《ほ》っぺた撫《な》でたいなぁ」と思っても、自分の力だけで腕を上げることができないです（でも膝に乗せてくれると癒されます）。

テーブルの上に肘を乗せてもらえば、握力はありませんが指先は動かせるので、スマートフォンやパソコンはまだギリギリ何とか打てます。スマートフォン自体は重いので持てませんが、通話などはハンズフリーで行います。イヤホンの抜き差しは力が必要なので、誰かに手伝ってもらわないとできません。

少し前までできていたことが、気が付くとできなくなっている。その繰り返しは進行性の病《やまい》に特有のもの。それでも私は「この手が動けばどんなにいいか」と自分の運命を嘆いたりしません。そんなことをしても現実は変わらないのです。涙を流した分だけ筋肉が戻るわけではありません。

それより「今、何ができるか」「どうやったら、できるか」を模索した方が、ずっと価値的です。振り返る時間すらもったいない気がします。

少しでも、遠位型ミオパチーという病気への理解を広めるために、私の病状と日常について綴《つづ》りたいと思います。

私の現在の障害者等級は、上肢2級、下肢2級です。でもこれは出産前後に申請した等級で、最近はかなり進行してきたため、再申請を考えています。

朝は洋一に立たせてもらい、ベッドから椅子に座らせてもらうところから一日が始まります。歯磨きは、電動歯ブラシで自分で行います。家にいる時は、ほとんど大きなテーブルのところに座り、パソコン作業などをしています。

最近は、外出する時しかメークをしませんが、これがまた悩ましくて。ベースメークとアイシャドーは洋一にやってもらい、アイラインは肘をテーブルに乗せて自分でしています。手が動かなくなったらそれもできなくなるので、半分冗談で「洋一、メーキャップ講座でも受けて～」とお願いしてみると「必要ない。もうこれで十分だから、これ以上求めないで……」とつれない返事。私としては、ぜひ器用な洋一に、私の専属メーキャップアーティスト〝ヨーイチ・オダ〟として頑張ってほしいのですが。

義母からいただいた着物を二部式にしたので、特別な日に着るのですが、その時も着付けとヘアメークは洋一が一人でしてくれます。私が今のような状況になるまで、彼がそんなに器用とは知らず、本当に驚きます。

ヘアスタイルは特にこだわりませんが、本当は前髪パッツンにしたいところ。でも「絶対嫌だ」と洋一。「前髪があると、巻くのが大変なんだよ」と表向きには言いますが、よくよく聞いてみると幼く見えるのが嫌なようです。好みの問題でしょうか。

外出する時は、メガネではなく使い捨てのソフトコンタクトレンズで、これも洋一に入れてもらいます。もちろん外すのも。これはかりは、私だったら人の目は怖くて触れませんので、本当にすごいなあと感心します。

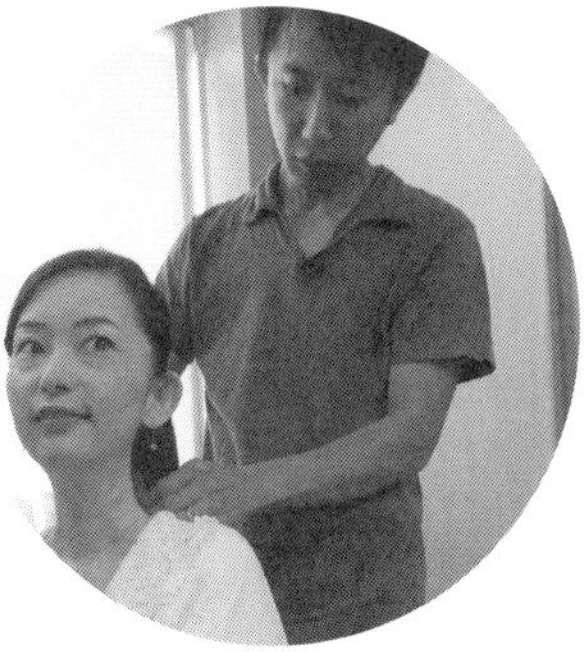

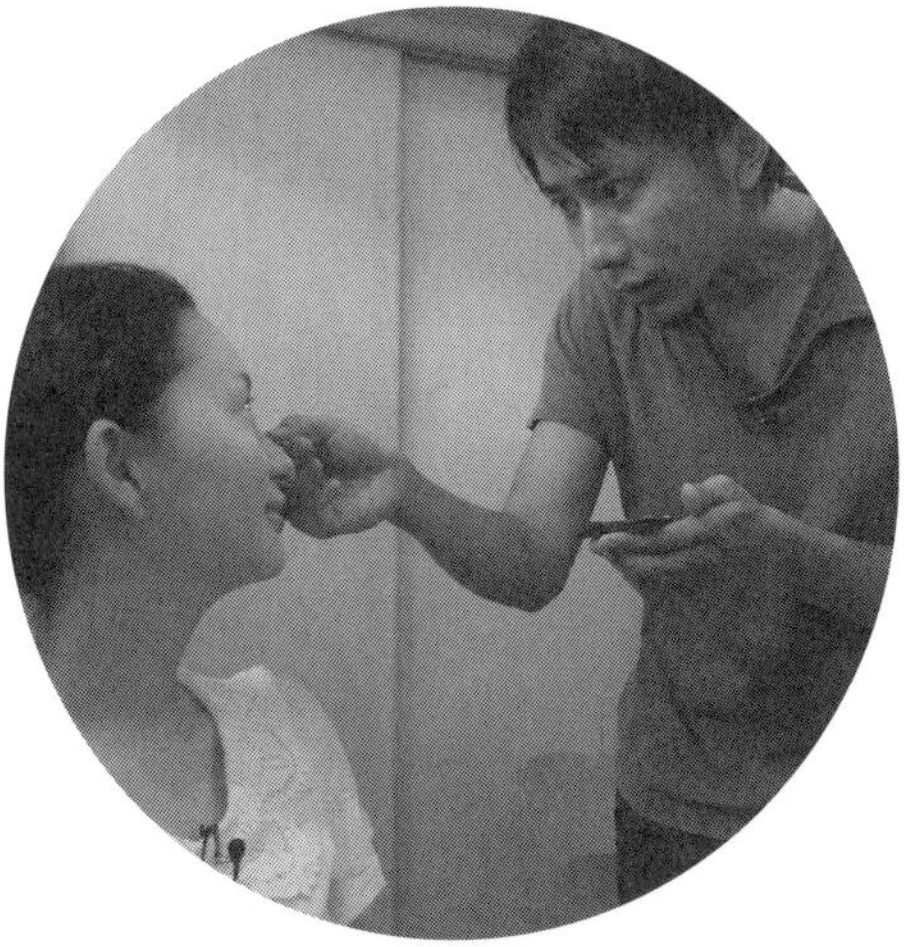

私はもう箸やコップを持てないので、食事の時には、洋一は自分も食べながら、私の口にも運んでくれています。

家事については、2世帯住宅で実の両親と住んでいるため、朝食はコーヒーにバナナやパンなどすぐ食べられるものにして、昼食は自宅にいる時には洋一が作ります。夕食は3階に住む母が私たちの分まで作ってくれるので、それを洋一が取りに行ってくれるのですが、栄君も手伝ってくれます。

炊事、洗濯、掃除に関しては、平日はヘルパーさん、土日は洋一が行っています。洋一が体を休める日があまりないのが気がかりですが、土曜日は比較的ゆっくりと遅めの時間まで眠っています。


どこかへ移動する時は車椅子に乗せてもらい、車に乗る際には洋一にお姫様抱っこで座席へ座らせてもらいます。新幹線や飛行機の時も座席に移乗してくれるのは洋一です。私の足は動かせないので血流が悪くなり、足先が冷え切って冷たくなります。そのため冬場の外出には靴用の使い捨てカイロが欠かせず、6月上旬までお世話になります。春先には店頭から姿を消してしまうので毎年買いだめが必要です。

結婚してからは、毎晩、洋一が足のマッサージを約30分（最近は忙しく、もうちょっと少ないのですが）行ってくれます。栄君も「僕もやりたい」と言ってくれるのですが、子どもの力ではマッサージというよりさすっているような感じ。気持ちが嬉しいので、心と体への癒し効果は、夫のマッサージより違った意味で絶大です。

眠りについたらついたで、私は寝返りが打てないので痛みで目が覚めてしまい、洋一は夜中に起きて寝返りを打たせてくれます。私も長時間の熟睡はできませんが、それは洋一も同じです。

本当に凄い！　洋一には感謝してもしきれません。私だったら絶対にここまでできないと思うから。どうしてここまでしてくれるのか、不思議なくらいです。最近は、この人は宇宙人なんだと勝手に納得しています。洋一がいるから、私はこんなに活動できていると思っています。

そして、自分が病気を抱えながら生活する大変さを考える時、１００年前だったら生き延びていけなかったであろう、その方々の無念さに思いを馳せざるを得ません。今、生き延びていられるということ。そのことだけでも、障害者や難病患者一人一人の人生にとってかけがえのない価値になる、と確信します。

一昨年のアメリカでは「ヒヤリ事件（自称）」が起こりました。

高校同期の友人と洋一と3人で会うことになっていたのですが、ホテルの部屋についた途端、私は眠ってしまったようで、目が覚めたら洋一がいません。

「何で誰もいないんだろう？　どうしよう……」

身体が痛くて起きたのですが、自分ではどうすることもできず、部屋の内線電話は手が届かないし、届いても重たくて持てません。スマートフォンは近くにあるものの、洋一とアメリカでは通話不可。「私、友達の電話番号知ってたっけ……？」。そもそも、航空券やホテルの手配は夫がしてくれたので、ここがどこのホテルかも頭に入っていませんでした。いつもながら大げさですが「あ、私ここで死ぬのかも……」と思いました。

結局、スマートフォンのアプリで友人の携帯を鳴らし、30分ほどで帰ってきてくれました。私が寝ていたので、二人で近くにあるエチオピア料理を食べに行っていたそうです。あぁ、あの時は本当に怖かった。

普段だったらそこまで思わなかったのですが、ちょうど出発前に、同病者の話を聞いていたのです。まだ自分で日常のことができる病状なのですが、家族の外泊中に、ベッドの横で転んでしまったそうです。

ちょうど転んだ場所が悪くて「開脚したまま三十何時間、家族の帰りを待っていた」と聞いたばかりだったので、洋一に何かあったらと怖くなったのです。ただ、私はベッドの上に寝ていた状態でしたが。

こんな状態なので、今、夫は私の介助と患者会や講演活動などの手助けに専念してくれています。一日のほとんど、99％くらいは一緒にいる状態です。

ここまで日々の生活の全てのことを支えてもらっていると、洋一の負担を考え、果たしてこのままでいいのかな。彼の人生を奪っているのではないか……と考えてしまいます。

嬉しかった誕生日

家族の記念日などには、何かしらサプライズがある我が家。特に思い出深いのは、2年前の私の誕生日です。

「今年のプレゼントは何かな？」と密《ひそ》かに期待していたのですが、ほとんど一日中一緒に過ごしていて買い物に行った気配もなく、忙しいのも分かっていたので「まぁ……いっか」と思っていました。


すると――「ジャーン！」目の前に出てきたのは、大きな手作りのホールケーキ。

「えーっ！　作ったの？　……誰が？」

「僕が」

「いつ⁉　昨日寝てから？」

「そう」

「信じられない！　魔法みたい！」

「他に何もできないなと思って。今回は」

洋一は私が寝てから、隣の離れでケーキを作り始め、夜中の3時半に完成したそうです。でも確か、昨晩も寝返りを手伝ってくれたはず。実は、行ったり来たりしていたようです。全く気付きませんでした。

ちなみに……翌年のブログにも書きましたが、手作りケーキはこの時以来、まだお目にかかれていません。プロフィルの特技欄は「ケーキ作り」になっている洋一。そういえば、あの時はテレビ取材が入っていたな……なんてことは考えないようにしましょう。

その年、栄君からはお手紙のプレゼントでした。

「ママ、おたんじょうびおめでとう。ずっとだいすきだよ」

すごいサプライズです。

「ママ、もう立てない？　一人で」

「うん、立てない」

「じゃあ持ったら歩ける？」

「歩けない」

「なんで？」

「うーん、ちょっとね。悪くなってきちゃったんだよね」

「ちょっと？　ママの病気なに？」

「筋肉が弱くなっていく病気」

栄君が生まれてすぐ車椅子を作ったので、私が歩く姿はテレビ番組やビデオ映像でしか見たことがないのです。


一日も早く、薬ができるといいなと願っています。今は薬も治療法もないので、年に1回検査を受ける以外は、シアル酸が多く含まれていると聞いた「ホエー」（ヨーグルトなどの上澄み液）を、

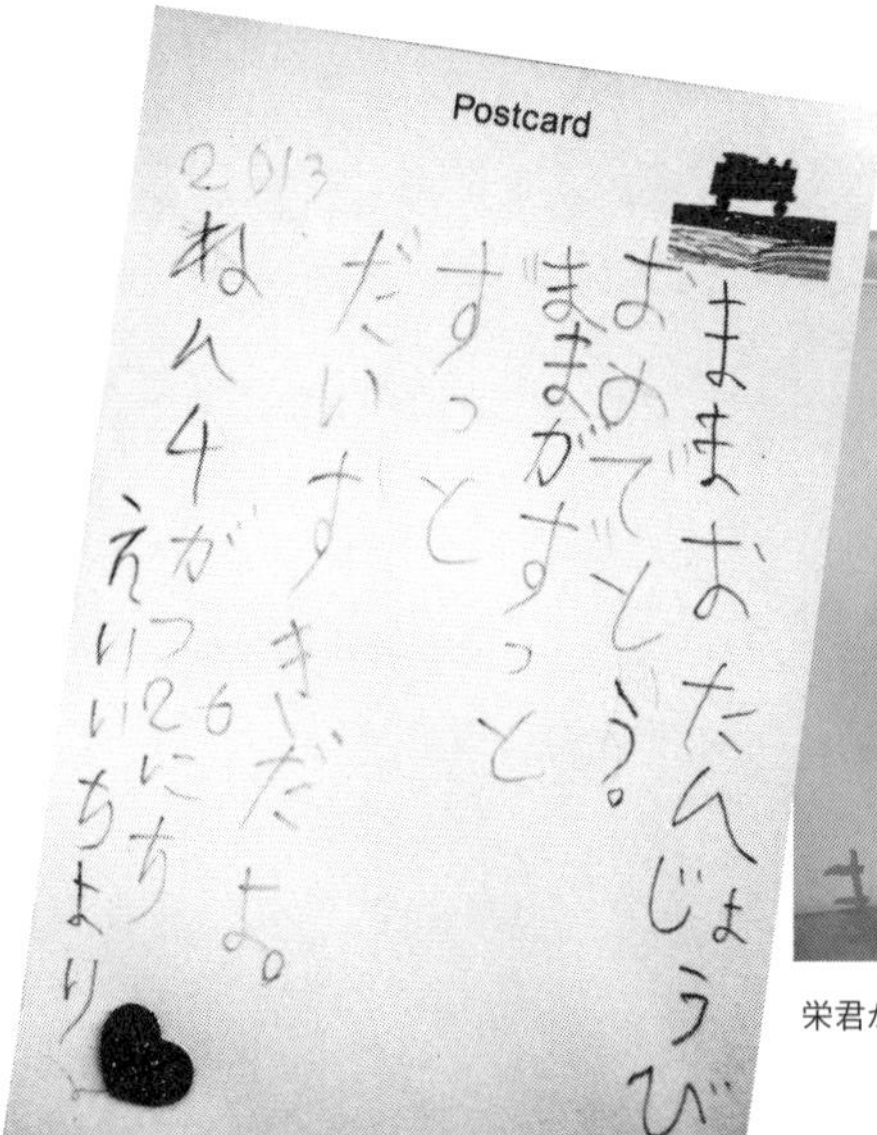

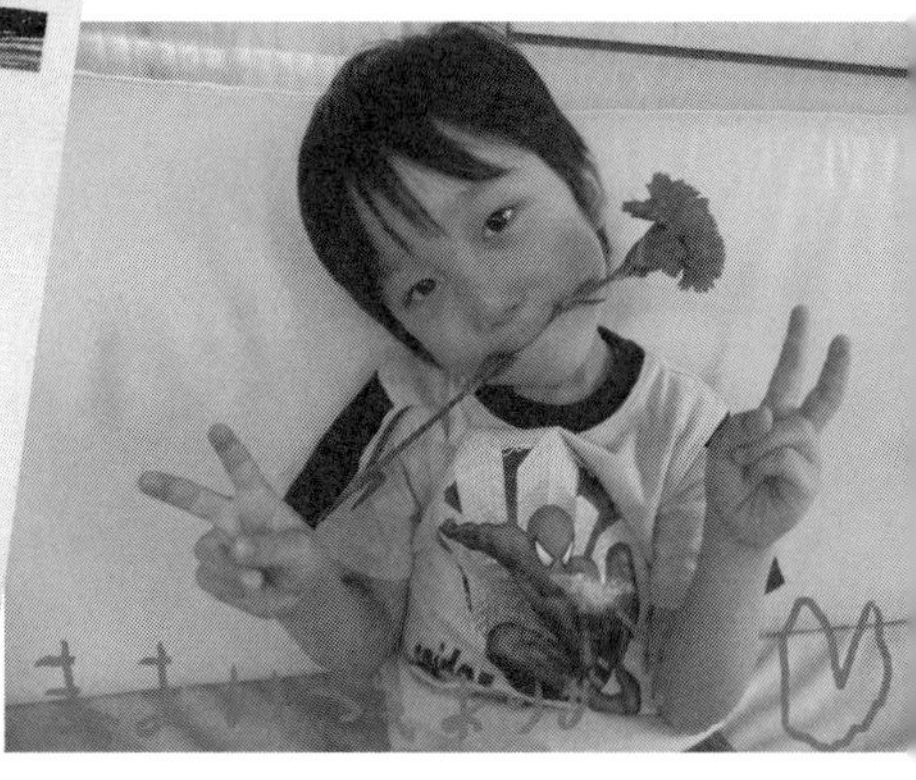

栄君からの手紙

少しでも良くなるのなら――と希望と一緒に飲んでいます。

病気のせいにしない

何げない日常に感謝しながら過ごす一方で、実は常に死を意識しています。それは「遠位型ミオパチーだから」ということではありませんが、病気になったことで「人生、何が起きるか分からない」と昔以上に考えるようになったのは事実です。もしかしたら交通事故に遭うかもしれないし、大地震が来るかもしれない。全く違う病気になるかもしれない。不安にかられていたり、臆病になっているわけではありません。人生、何が起きるか分からないからこそ「毎日何事もなく生きていられることは奇跡なんだ」と気付いたのです。

体や心が健康のまま生きられることが、どんなに貴重なことか。今の私は、体は筋肉がないから動けないけど、頭は衰えていなくてハッキリしています。何より、心をしばることはできません。生きていること自体が奇跡です。

だからこそ、与えられた生命を完全燃焼したい。毎日を精いっぱい生きて、悔いなく過ごしたい。「只今臨終《ただいまりんじゅう》」という思いで、いつ、どうなっても悔いなしと、生きて生き抜いていくのが理想です。

「病気だから○○ができない」と、病気を人生の〝障害〟にしたくありません。まずはやってみる。雑草のようにたくましく、コンクリートの隙間《すきま》から障害をものともせず乗り越えて進んでいきたいのです。

泥沼に咲く美しい蓮《はす》のように、病気が私の人生にとって何の障《さわ》りにもならなければ、私は病気に負けたことにはなりません。

病気に心で勝ち、できるなら、ただ生きるのではなく、誰かのお役に立ちたい。少しでも何か私が生きた証を残せるようになったらいいなと思います。

ところで、手前みそではありますが、よく「どうしてそんなに強いんですか?」と聞かれます。私は、そんなに強靭《きょうじん》ではありません。しかし弱音を吐いたら本当に弱くなっちゃうかもしれない。それが頭をよぎります。

また、悲劇のヒロインにはなりたくありません。言っても仕方ないことは言わないし、夫の前でしか、泣いたりしません（喜びの涙は最近やたら多いですけれど）。

何より自分の可能性は自分が他の誰よりも信じて認めてあげないと！　皆それぞれが人生の主人公ですから。

たとえ、万が一皆さんが難病になってしまったとしても、私は誰もが必ず乗り越えられると思っています。人って弱いところもあるけれど、いざとなったら強いから。困難が襲ってきても、乗り越える力を持っている。私が特別とかじゃなくて「皆さんもそうです」と言いたいのです。私の場合は、目に見える形で困難が現れていますが、人によっては外からは見えないことで悩みを抱えている場合もあります。

病気の有る無しにかかわらず、例えば「海外に行きたい。でも無理ですよね」など相談をよく受けます。その時、私は「何とか達成したい！　という強い思い、願望さえあればできるんだよ」と伝えます。どれだけの努力とスピードで成し遂げられるかは状況によって変わるかもしれませんが、自分の力を信じられるかどうか。

私がそう言うと「織田さんは、サポートを受けられるから」と言う人もいます。

確かにそれはあるかもしれません。でも、私だってやりたいことを何でもすぐにできているわけではありません。本当に成し遂げたいことがあるなら、今いる場所で、そこに向かって頑張ればいいんじゃないかなぁと思うのです。

私の高校・大学の創立者の言葉「自らの誓願《せいがん》の上に立てた目標ならば、乗り越えられないことはない」が、私の座右の銘。自分が本気で立てた目標ならば、たとえ困難があっても、強い思いと努力で必ず実現できるはず。「誓願」ですから「こうなればいいなぁ」レベルじゃなくて「私は絶対こうする！」という強い意志が必要です。

だから私は病気があっても、それに押し潰されるんじゃなくて「自分が何をしたいかだ」ということを考え方の基本にしています。困難の重さは関係ありません。偉そうなことを言っていますが、全ては周りの励ましのおかげです。その人その人が、自分の力を信じられるような励まし、声かけができるコミュニティーの存在もすごく大切だと感じています。人は人の中でしか生きることができず、また他者とのかかわり合いで成長し、幸せは伝染していきます。そういった意味からも、私にとってＰＡＤＭは大切にしていきたい場所です。

生き急いでる？

私はたくさんしたいことがあるにもかかわらず、体力が無く、１日24時間では足りないくらいです。常にスケジュールがパンパンになり、洋一とぶつかる時がありますす。何より私の身体を心配してくれているようです。

「私、早死にすると思う」と洋一や親友たちに言うのですが、誰も本気にはしてくれません。親友は「そういう人こそ、長生きするんだよ」と笑っています。今、35歳というだけでも、こんなに生きていられることにもビックリしているのに、私が長生きしている姿なんて想像できません。もっともこれは病気になる前から感じていることですが、今は余計にそう思います。今こうして生きていられることを、不思議に感じるのです。

洋一には「私に何かあったら、あなたは第三の人生を楽しんでね」と言ってるんですけど、かなり呆《あき》れています。もちろん、子どもには言いません。二人の時の会話です。

でも子どもを産んでからは「この子がいるから、もっと長生きしたい。せめて就職するまでは生きていたいな」と考えるようになり、そうすると、あと15年か……生きられるのかな、みたいな感じで。根拠は全くなく、ただ勝手に思っているだけですけど。

洋一は「僕はずっと生きて、世の中の動きを見ていたいね。地球から核がなくなる瞬間を生きていたい。１２０歳まで生きたい」なんて普通に言っています。でも、たぶん無理じゃないかな、１２０歳は。

死を意識し、毎日を精いっぱい生きたいと思うからこそ、目の前にある課題や、応援してくださっている方々からいただいたチャンスは、なるべく全てお受けしていきたいと思っています。

洋一には「責任感が強くて完璧主義だから」と言われますが、そんなことはありません。適当なところはたくさんあります。性格上、考える時はとことん考えてしまって、ベッドの中でもスマートフォンを見ていたりすると、洋一から「寝る時は寝ないと」と注意されます。

そんな私に、洋一は言います。「友理子、生き急いでるよ」

◆ある日の二人の会話　〝生き急ぎ〟と言われる理由

友理子さんと洋一さんの〝素の会話〟を少しご紹介しましょう。

――（ハワイ旅行やその他のスケジュールが詰まっている中で）「ケニアの起業家国際会議」（詳細は4章にて）というビッグニュースが飛び込んできましたね。

友理子　今回のケニアの話も、夫は最初苦笑してて全然取り合ってくれなかったんですよ。「ハワイのスケジュール決めちゃったでしょう？」って。私が「どうにかする！」って言っても、結構スルーで全然取り合ってくれなくて。「だけど、ここをこうすればできるでしょ？」って。

洋一　推薦者が大使館の人と分かったら、それなりに対応しないといけないと思ったんですよ。

友理子　私は最初から行く気になっていたのに「何考えてんの？」と。

洋一　その時点では、出所が分からないメールだと思ったから。

友理子　英文でも内容があれだけしっかりしていたから分かってたじゃん。洋一はそうやって「無理だ無理だ」って言うんですよ。「どうやったら可能になるか考えて」って言ったら「無理だよ……」って黙ってましたけどね。

洋一　死んじゃうよ。飛行機の中で寝られないですからね。

——友理子さんの体を心配して。

洋一　この人、自分の中でブレーキかけられないので。

友理子　かけられないですね。

洋一　周りがかけなきゃいけない。僕がブレーキ役。

友理子　「なんでそうやって、私の意見聞かないの？」って（笑）。
洋一　僕が止めたり消極的な発言をしたりすると、彼女はそれを文句みたいに捉えちゃうところがあって……。
友理子　彼はいつも否定的な言葉を言うから嫌だなって。「どうやったらできるかってことを何で考えてくれないの？」って思っちゃう。
洋一　引っ張り合いみたいなところがありますね。

性格と家庭環境

似ているところも正反対なところもある私と洋一は、どんな家庭環境で育ったのか？　洋一は、間違ったことはきちんと言う人。今年引退されましたが、長崎県の県会議員だったお父さんのことをとても尊敬しています。

大学の時、お父さんが議員と聞いた私は「議員の家族は犠牲を払ってやってるよね」と言いました。家族皆で必死に闘うから、大変だよねという意味で。

するとと洋一は「犠牲なんて思ったことない！」とすごく怒って、言葉の表現が気に障ったようで「そんなつもりじゃないのに……」と、その時は平行線でした。

頭が固いので（私もですが）こう、となったら全然私が言っても聞かないところがあります。家族が犠牲を払ってでもするのは私は凄いことだと思っているのですが、洋一は「犠牲」という言葉が嫌なようです。

「犠牲というのは嫌々やらされて、犠牲を払ってるってことでしょ？　そんなこと、父は思ってないんだ！」

父親が〝人のために尽くす〟という生き方をしていることに対して、洋一はこう言いました。

「何を言っても綺麗ごとにしかとらない人もいる。知らない人にはそう見えるのかなって思う。実際、家族の思いなんて分からないだろうし、心ない意見はあまり相手にしないというのが僕のスタイル」

大内家は、自主性を重んじる家風。結婚してスペインに住んでいる一番下の妹の節子とも、電話でその話になりました。「うちの家族っておかしいよね。普通『やめなさい』って言われるようなことも『いいわよ』って言うよね」と。

それは、留学や国際会議などについてで、そういうことに理解があり応援してくれるからこそ、いろんなことに挑戦できていると思います。そういう状況はすごくありがたいし、協力してくれる両親のおかげで今があります。

私がどんなに「やりたい」と言っても、両親から「そんなのやめなさい。子どもがいるでしょう」と言われたら、そこで終わりです。もしかしたら「この子は、反対してもやるから」と思ってのことかもしれませんが、振り返っても、小さい時からやりたいことに対して反対はされませんでしたし「そんなの無理だよ」という言い方も、されたことがありません。ですので、私も息子の可能性を摘まないような声かけをしようと思っています。母は、私が出張する時に栄君の面倒を見ることに関しては、逆に喜んでいるような気がします。

車椅子ママの奮闘

すくすくと元気に育っている息子は、本当に私の生きがいです。あのタイミングで「子どもを産むなら早めに」と勧めてくださった先生には深く感謝しています。栄君の笑顔や成長を見ているだけで、私は幸せです。障害のある母として、この子にどれだけのことをしてあげられるのか、と日々考えます。何よりも心優しい子に育ってほしいのですが、最近はちょっと……いいえ、かなり気が強く負けず嫌いで、きっと私に似たのでしょう。

子育てで「辛い」と感じたことは、それほどなく、両親や夫に助けてもらえる環境が大きいかもしれません。私の場合は、子育てできてること自体が奇跡なので、よその子育てと比べること自体ナンセンス。そのあたりの絶対値が、きっと他のお母さんたちとは違うのだと思います。

障害者だからといって、産んではいけないわけではありません。どれだけ自分で責任を持てるかだと思います。私は、他の母親のようにしてあげられないことに、どう対処していくかを考えました。子育ては、周りの支えてくれる人たちとのチームワークだと痛感しています。

私がメディアに取り上げていただくようになり、栄君も一緒に出演したことがあります。私自身も、最初はプライベートなことまで突っ込んで聞かれることに慣れませんでした。息子については、私が産みたくて産みましたが、成長過程を公開する必要があるのかは疑問がありました。

ある時、マスコミの方に「将来お世話をしてくれるお子さんがいて安心ですね」みたいなことを言われ、さすがにその時はムッとしてしまいました。私は将来、介助をしてもらうために子どもを産んだのではありません。が、3歳の誕生日の時に「大きくなったら、僕がおぶってあげる」と言ってくれた時は、思いやりの心が芽生えたことを感じ、素直に喜びました。最近は栄君も取材に対して「嫌だ」と断りますし、彼には彼の人格があるので意志を尊重しながら進めているものの、大きくなった時にどう感じるのかが、一番心配なところです。

しかしその一方で、私のことをメディアで知って「自分も結婚や出産に踏み切りました」と障害者の方から報告を頂くこともあり、それはとても嬉しいことです。

子育てをする上で、私の中で一番のテーマは「危機管理」です。自分の体が動かない分、どうすれば危機回避できるか。考え過ぎというくらい考えて、安全対策をしました。そうしないと不安で仕方がなかったのです。

栄君が1歳を過ぎた頃、両親が仕事の関係で半年間ほど海外に行きました。その頃は洋一も大学院に行っており、狭い部屋の中で、洋一が帰宅するまで私一人。ご飯やおむつ替えや遊びや昼寝、いろんなことが成り立つよう考えていました。まだ結婚前だった妹も手伝ってはくれましたが、そんなに頼ってばかりはいられません。

床にはモノを一切置かないようにしました。危ないものは引き出しに入れ、手の届かない高いところにしまいました。ところが、最後の最後、両親が帰ってくる直前に、なぜか普段使っていないゴミ箱の中に電池が入っていたのです。

「栄君！　やめてやめてっ！」

私は慌てて、電池を舐《な》め始めた栄君のところまで這って行くのですが、部屋の端の方にいたので、追いつくまでが大変で。ゴクリと飲み込んじゃったらどうしようかと、あの時は本当に怖くて、生きた心地がしませんでした。何もなかったけれど、一番ヒヤッとした出来事です。

栄君がよちよち歩きの頃は、まだ少し手の力が残っていて抱っこはできていました。外に出る時は、当時は手動車椅子だったので、栄君を膝に乗せて両親か洋一か、誰かがいる時に押してもらっていました。

家の前がちょうど坂ということもあり、栄君を抱いたまま一人で車椅子は動かせず、外出できるのは週に1～2回くらい。子どもの発育が心配でしたので、私が行くと用意も大変になるし、栄君だけ家族や近所の方に外に連れ出してもらったりしました。

ちょうどPADMの活動を始めた時期は母乳が終わった頃で手も離れ、1歳10カ月から保育園に入れました。活動はどんどん忙しくなり、保育園に行っている時間

は作業に没頭する毎日でした。

保育園に入園する時点では、私はまだ針仕事やミシンがギリギリできる状態。「いつ、こういうことができなくなるか分からないから」と、栄君と一緒に買い物に行って選んだのは、一番好きな機関車トーマス。入園バッグやランチョンマットや上履き袋、お着替え袋などたくさん作りました。

「栄君とママ、一緒に作ったんだよね！」

「そうだね〜」

進行性の病気は、今できることが先々はできなくなるという前提がいつも頭にあります。だから家族と一緒にどこかに出かける時も「次にまた来られるか分からないな」と思いながら、一瞬一瞬を目に焼き付け、目いっぱい楽しむことにしています。

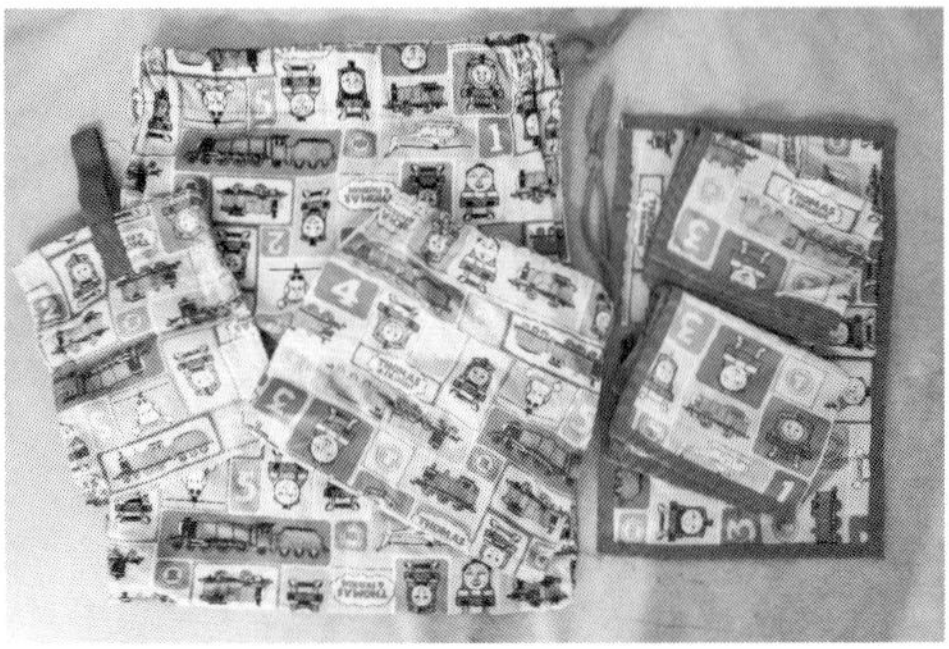

手作りの入園バッグなど

父の日と栄君デー

子どもの成長はあっという間で、今は自己主張も強く、なかなか言うことを聞かない時があり、イラッとすることもたまにあります。が、やはり私には可愛い息子。「子離れできるだろうか」と早くも心配しています。小学生になると、きちんと育てなきゃいけない、もう少し厳しくしなければと思いますが、そのへんは洋一が父親としての責任感からか厳格です。

保育園の頃は、出張に栄君も一緒に行っていました。さすがに小学校に入るとそうもいきません。小学1年生の時には慣れない中、一日も休まず皆勤賞だった頑張り屋さんで親としても誇りに思います。残念ながら2年生の11月に一度、高熱のため体調を崩してしまい、お休みしました。

今も私は「数日くらいだったら休んで海外に一緒に行けばいい」と思うのですが「ダメだ」と洋一。私は異文化に触れる数日が、これから世界市民として息子に与える影響がどれだけ大きいか、低学年のうちに海外に行く経験は貴重だと思っています。洋一は「小学校の団体生活で学んでた方がいい」と。小学生で海外に行っても「行ったことくらいしか覚えてないから」というのですが、そうかなぁ……？

洋一は「一人っ子だから自分勝手にならないように。できるだけ周りに揉まれて、共同生活ができるように。学校生活を大事にしてほしい」と言います。栄君が偉そうに口答えしたり「～しなさい」と言った時に「ムーリー」と返したりすると、厳しく注意する洋一です。

そんな栄君が、今年6月の第3日曜日。そわそわしています。

「……？」

栄君を見ると、私に顔を近づけて、内緒話を始めました。

「あのね、父の日の花はひまわりだよ」

「そうなの？」

「テレビでやってた」

「じゃあ、栄君、パパにプレゼントしようか。お小遣い出して買ってくる？」

「うん！」

母の日にカーネーションはもらったことがありましたが、生まれて初めて栄君から父の日のプレゼントです。スーパーから帰ってくると、私のところに来て「ニセモノの花（造花）はね、タダで配ってたよ」と、また内緒話。栄君はちゃんと生花の小さなひまわりを買ってきていました。

洋一は内緒話していたので、薄々分かっていたようですが、気付かないふり。

「父の日、ありがとう」

息子が活《い》けたアレンジメントのプレゼントに、洋一は嬉しそうでした。栄君の成長は、何よりの喜びです。

日頃、ＰＡＤＭの活動や講演など夫婦での外出が多い私たち。栄君にとってお祖母ちゃんはいるものの、寂しい思いをさせているかもしれないと思い、土日のどこかで栄君が行きたいところに行く「栄君デー」を設けています。本屋さんに行ったり、回転寿司に行ったり。本当は毎週してあげたいけれど、栄君自身も剣道を習っていて予定が入ったりするので、最近は月に１回ほど。

私が金土日で出張になってしまった時は「今週はごめんね。だけど来週のこの日は栄君デーね」とフォローします。

先日の土曜日、講演のために私たちが車で出発する時、栄君は外まで見送りに来て一人でずっと手を振っていました。最近は講演などに付いてきても「つまんない」と言い、お留守番は「全然大丈夫」と言います。本当は寂しいと感じているかもしれません。でも「私たちがいつも気にかけている」というのは、感じ取ってくれていると思うし、大丈夫と言っていても、伝え続けていかなければと思っています。

栄君からの初めての父の日のプレゼント

変わらぬ友情「プリンセス会」

私の人生にとって、かけがえのない存在の一つ、それが「プリンセス会」です。20代の時に友人が付けたこの名前はちょっと恥ずかしいのですが、高校、大学の同窓生6人プラス私の計7人のグループです。〝仲良しグループ〟という言葉では軽く感じてしまうほど繋がりは深く、全てさらけ出し、ありのままでいられる存在です。それぞれ自立した精神の持ち主。この友人たちを持てたことは私の誇りです。

ですが、大学4年生の夏、遠位型ミオパチーと診断された時、私は彼女たちの足手まといになるのでは……という不安と、病気に対して自分の気持ちを整理するため、少し距離を置こうとしました。誰にも病気であることは言わずに――。

そんな私を〝去る者追わず〟で、かかわらないこともできたのに、皆は真正面から受け止めてくれました。心配し励ましながらも、一時の慰めなどは口にせず、変に気を使いすぎず、でも困っていることには手を差し伸べてくれる。車椅子での移動ルート、駐車場やトイレ、軽いコップやフォークなど、さりげなく考えてくれているのが分かります。
「何も変わらないよ！」と普通に接してくれます。変わらないでいてくれるということに、どれほど救われたか分かりません。

やはり、人は人に支えられて生きていくものだとあらためて思います。応援してくれる人がいるだけで、生きる元気と勇気が湧いてきます。本当に大切な友人たちです。何も知らない人が聞いたら「えっ！」と驚くような際どい冗談も、信頼しきっているからこそ。私自身も、少しでも彼女たちが何かに悩み困っている時に、力になれる存在になれたらと願っていますが……今は、元気をもらってばかりです。

◆友理子さんを支える人たち――

夏の強い日差しの中、関東在住で都合がついた3人（プラス1歳に満たない赤ちゃん二人）が大集合。そのプリンセスたちの中に違和感なく交じり子守をしていた洋一さん。ちなみに夫同士の「プリンス会」は結成されていないそうですが、皆さん仲が良いとのこと。友理子さんの心の支え「プリンセス会」にお邪魔しました。
〈参加者〉久美子さん、麻衣子さん、陽子さん、友理子さん、洋一さん（文中敬称略）
――「プリンセス会」の命名は陽子さんだとか。
友理子　きらびやかなイメージだよね。
陽子　もうね、35歳で、きらびやかじゃなくなっちゃったね。
全員　（大笑い）
陽子　あの頃は本当にプリンセス会だったんですけどね。可愛い子しかいないって。7人とも（笑）。
久美子　というより目立ってたというか、少し異質というか（笑）。
――皆さん、大学の時から洋一さんのことを知ってましたか？
麻衣子　友理子の送り迎えをしてたんで。それは友理子の体調のせいだけじゃないですね（笑）。

洋一　皆が和子の家にたむろってて。そこに最初に連れて行かれた時は緊張した。
陽子　洋一、おでこにペラペラのタオル、ねじって巻いてたよね?
全員　巻いてた〜!（爆笑）
洋一　寮で仕事した後、そのまま来ちゃったんだよ。
陽子　友理子、なんで入る前に「取って」って言わなかったんだろう?（笑）。
久美子　洋一は、全然変わんないね。
（皆が話している間、子守をして

大学の卒業式

いる洋一さん）

友理子　洋一、何、ほくそ笑んでるの？

全員　（爆笑）

――麻衣子さんは友理子さんのために、ヘルパーの資格を取得されたとか。

麻衣子　重度訪問介護従業者を。ちょうど専業主婦になり時間ができて、洋一が司法試験の勉強中で友理子につきっきりになれない時期で、トイレだけ介助できれば、もっと行動範囲が広がるんじゃないかと思って。トイレのやり方は洋一に教えてもらいました。でも数回しかお手伝いしてないよね？

友理子　結構手伝ってもらったよ！　患者会の仙台と京都の出張にも来てもらったね。ハワイにも行って！

久美子　ハワイは、節ちゃんは後から合流したんだよね。

――２０１１年12月に、プリンセス会６人のみで５泊６日のハワイ旅行へ。

途中、妹の節子さん（ホームヘルパー2級の資格取得）も合流されました。

麻衣子　皆でハワイに行きたくて。「友理子が車椅子だから誘わない」という考えは初めからなかったです。海外で大変なことはあっても、日本より進んでる部分もあるだろうし、ちょっと手助けできれば、絶対いけるなと。

久美子　私たちも、友理子が車椅子になったからって、全然気は使ってないね（笑）。

友理子　うん、それが嬉しかった。

――ハワイのエピソードは、よく友理子さんが講演で話されています。

麻衣子　え!?　講演で話してるの？　あのコメントを言ってもらわないと、私たちが車椅子に買い物袋を提げて、持たせてるみたいだから（笑）。

久美子　「これは全部私のです」って書こうかって言ってたんだよね。

友理子　だから「そういうのが嬉しい」って話してるの。腫れ物に触らない感じが。「もし介助者に全部持たせたら申し訳ないから、私はこんなに買い物できないけど、簡易電動車椅子の後ろにかけられるから買えるんですよ」って。

陽子 買った物、日本まで持って帰ったのは全部節ちゃん。ホント偉い!

洋一 デンマークの時は、僕がそれをやったんだよ……。

全員 (爆笑)

――ハワイのエピソード、他にありますか?

麻衣子 花火が始まる前に、友理子が「お茶買う」って言い出した。

陽子 そうそう! 向こうは物価が高くて、3倍くらいするのに欲しいって言うから私が会計係で払ってたら、皆ダーッ!って行っちゃって。

麻衣子 「花火が始まっちゃった!!」って。

陽子 買うんだって言った張本人が、車椅子をさっさと電動に切り替えて、ビューン!!って行っちゃったんだよ。やっぱり車椅子がスピード一番速いじゃん(笑)。

久美子　うちらが「間に合わない！」って走ってたら、追い越していくし。
陽子　私は最後に追いかけて……。「お〜い、お茶」を買ってから。
友理子　ははは（笑）。
陽子　まあ友理子は前からそんな感じですよ（笑）。

——病気が分かった時の心境など。

友理子　大学4年の入院検査の時は、皆に隠してて……。
陽子　私が長電話して「何で言わないの！」って怒った気がする。
友理子　目立つグループだから、障害者とか難病の人と仲良くする人たちじゃないかも。「もう終わりなのかな」って思ってた。
全員　えーーーっ！　そうなんだーっ‼
友理子　そしたら違った。偏見だった。
洋一　知らなかった。
陽子　今思うと、高校の後半にふくらはぎが半分くらいに痩せててさ。「歯の矯正で食べられない」って言ってたから、そのせいだと思ってた。学校を一緒に出るのに、駅に着くのがすごい遅かったんだよ。

友理子 そうだったー。

陽子 友理子は話も長かったから、それでだと思って「遅い！」って怒ってたんだけど。今になって思うと、本当に申し訳なかったなって。友理子を待って、電車を2〜3本乗り遅れてたからね（笑）。

久美子 よく転ぶのも、どんくさいだけかなってイメージだったし。

麻衣子 もともと運動は得意そうじゃなかったから。

みんなで集合写真（ハワイ旅行）

――今、思うことは？

麻衣子　出産直後くらいは、家にこもってた感じがして、普通に外に出る機会があればいいなって、いろいろ誘ったり、家にも遊びに行ったね。

友理子　誘われると嬉しかった。

陽子　子どもを産むと、ベビーカーでエレベーターを探すの大変！

久美子　私も母が足を痛めてて、一緒に行動すると、電車の乗り降りとか友理子のことを考える。

麻衣子　介護の講習の時、担当の障害者の方が「もっとバリアフリーに

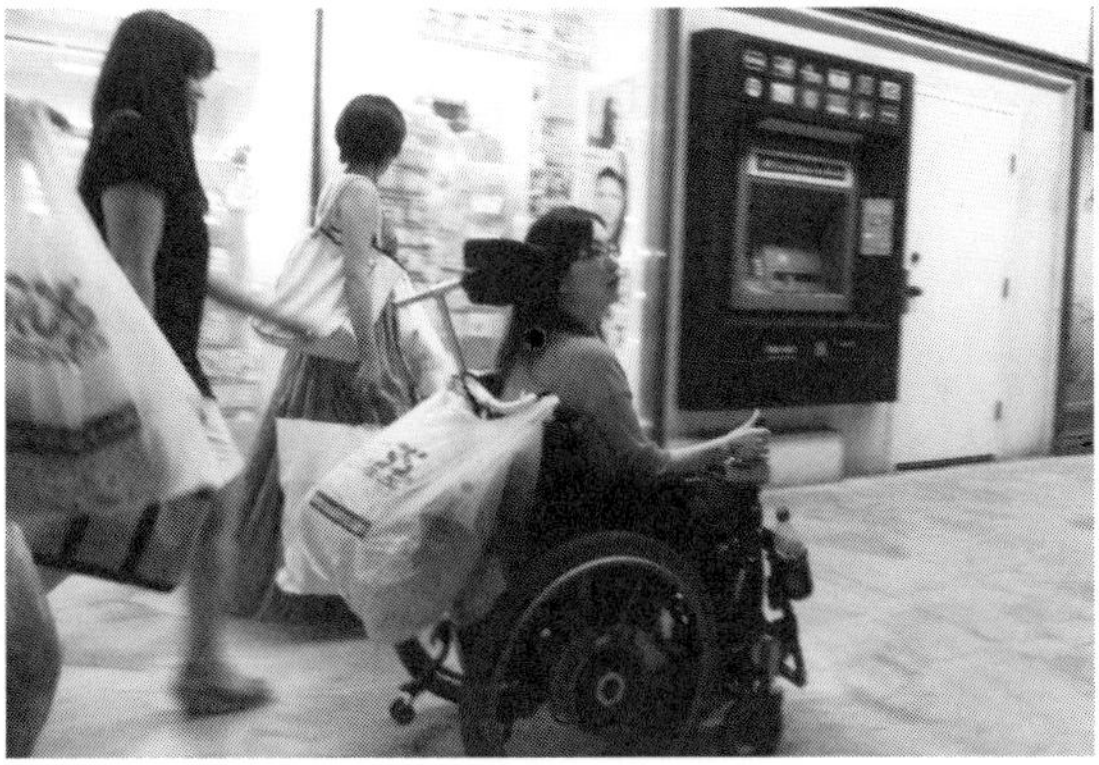

車椅子の後ろに買い物袋をかけて（ハワイ旅行）

するには、健常者もエレベーターを使わないと増えない」って言ってた。「障害者がいなくて、誰も並んでない時にも使わないのはどうなんだろう」って。

全員　なるほど〜。そういう考えもあるかもね。

――プリンセス会の今後は？

陽子　これからは目立たないように静かに生きていきます。

麻衣子　静かにって（笑）。

久美子　和恵や生奈の結婚式は、もう「プリンセス会」なんて言えないよね。

陽子　言えないね。普通に「大学の友人です」だよ。たぶん和恵から断られるよきっと。

全員　（爆笑）

当日、参加できなかったメンバーからメッセージ――

◎牧野和子さん

入学早々、会計士を志す友理子に惹《ひ》かれて話を聞くうちに、会計士に興味を持つようになりました。でも成績もよくないし（会計士になりたいのも申し訳ないくらい）自信なく相談すると「和子は大丈夫！」と何の躊躇《ちゅうちょ》もなく背中を押してくれて拍子抜けしました。この時に限らず、友理子から後ろ向きの意見を言われたことがありません。無理だと思うようなことも、出来る気にさせてくれるんです。

人にはとっても前向きな友理子ですが、自分のことになると驚くほど謙虚で心配性です。「私なんかにそんなことできるのかな……」といつも悩んでいるので、プリンセス会に突っ込みを受けています。

結局、私は学生時代に結果は出せず断念しました。30代になり、会計士受験に再チャレンジしたのも友理子がきっかけです。勉強を諦めざるを得なかった友理子が、次の使命のステージでこんなに頑張ってるんだから、私も弱音を吐いていちゃダメだと。辛くなったら友理子のブログや本を読んで。まるでファンですね(笑)。

合格した時は恥ずかしくて伝えきれませんでしたが、友理子なくして今の自分はないと本当に感謝しています。励まし合い、切磋琢磨できる友人です。大切な宝ですね。

日頃、言葉にしていない思いを——。

◎小林麻衣子さん

友理子が車椅子でいたり病気であるということは、私たちにとってもう特別なことではなく自然なことです。「病気になる運命というより、私が自分でこの病気を選んだ」という友理子の捉え方は、なかなか他の人には分かってもらえないと思いますが、友理子自身が病気を使命と捉え、悲嘆なく前進していることは、病名が分かった当時から変わっていません。本当にすごいことだと思っています。

私たちの前では今まで通り、無理なく自然体でいてほしいです。私たちも、これからたとえ病気が進行しても、何も変わらずに一番の味方でいます。新薬の開発が一日も早くできることを願う日々です。

愛ゆえの平行線!?

つい最近まで、私と洋一はあることについて、よくケンカをしていました。洋一は大学卒業後、法科大学院に進学し、司法試験を目指していました。私の介助をしながら5年間挑戦し、その後「友理子のサポートに全面的にまわる」と言い出したのです。

すでにＰＡＤＭの活動など私も忙しくなってはいましたが、男性は外に出て働き生活費を入れるものだと思っていた私は「家にいなくてもいいよ」と突っぱねました。ですが洋一は「外でフルタイムで働いたりしないで、全部サポートにまわった方が、ＰＡＤＭのことができる」と聞きません。「何で？　私、頼んでないから！」ケンカになると、ついこんな言葉が出てしまいます。

私は我が家の家計のことだけで、洋一に対して外で働くよう勧めているわけではありません。行政書士という資格を持っている洋一が、今後また別の資格を取得する可能性もあり、彼が社会で活躍する道は大きく広がっているはず……だから私は、いつも悩むのです。

そもそも、私は夫婦仲の良すぎる両親に育てられ、母親はいつも手料理を振る舞っていたせいか、本来はお嫁さんになって内助の功をしたかったのです。気が利くね、と言われることが昔からとても嬉しいことでした。特にまだ私の体が多少動く時には、強くそう思っていました。


「僕だって、自分が外で働くのをこれっぽっちも考えてないとかじゃないから」

「じゃあ、何でそうしないの？　私、頼んでないもん」

「自分の人生をどうしたいかって考えた時に、今の活動を僕が支えながら進んでいきたいって思いの方が強かったんだよ」

「ヘルパーさんだっているよ？」

「それだと宿泊できないし、地方とか海外とか、活動ができなくなるでしょ？」

「…………」

「そりゃ個人で雇えば宿泊までできると思うし、お金のことだけ考えると今の方が明らかに大変だけどさ。今、自分たちがやってることを続けながら、どうにか経済面を克服できるようにするのが、一番の理想じゃないの？」

――えーっ⁉　洋一がそこまで考えていたとは、驚きです。

現実は「洋一に外で働いてほしい」と思いながらも、病状は進行しています。ヘルパーさんだと電車移動ですが、洋一なら車で移動できます。男性だから力もあるし、何より夫だから素でいられます。

洋一に介助してもらうのはすごく楽なのですが、それでも本当はヘルパーさんを利用しながら、誰もが活動できる社会にしていかないといけないのでは……との思いがよぎることもあり、葛藤は続いています。それを言うと、洋一は「日本の現状はそうなってないから、僕がやるんだ」と言います。

周りには、「友理子さんの介助はヘルパーさんに任せて、洋一君は外で働いて、君なりに社会に出た方がいいよ」とアドバイスしてくださる方もいるようです。一方で「二人で同じ道を歩んでいるのは羨《うらや》ましい」と言ってくださる方もいます。

確かに私たちの将来は不確定な要素がすごく大きいのですが、本当に最近になって、少し私の考えも変わってきました。

実際、グーグルインパクトチャレンジの「みんなでつくるバリアフリーマップ」プロジェクトなど、事務的な部分で洋一がいないとまわらなくなっているという現実もあります。今まではＰＡＤＭにかかわることはなるべく洋一には頼らない、という思いがありましたが、今は忙しいので全部やりきれません。そういう意味では、少し視点を変えて「ビジネスパートナー」だと思えばいいのかな、と考えるようになりました。もちろん、ビジネスとして成立する方向性は探らなければなりませんが――。

動画サイト「車椅子ウォーカー」は、会社形態にするのか非営利法人にするのか悩んでいる段階ですが、いずれこの事業にスポンサーをつけていきたいと考えていて、今、動いているようです。

◆友理子さんを支える人たち――

この章では、最も近くで支えてこられたご家族に話を聞きました。

◎洋一さん

――友理子さんの介助に専念しようと思ったきっかけ、理由など。

彼女の性格は、僕が一番理解しているつもりです。もともと、人に何か頼むのが苦手なので、そこで遠慮してブレーキがかかるともったいないと思っています。

本人は全く意識していませんが、周りの方から「織田さんの活動や人間性を知って好きになった。応援したい」と言われることが多くて、その可能性を最大限に発揮するには、僕がそばにいてサポートした方がいいんじゃないかと思います。

――サポートに専念すると決める時、かなり悩まれましたか？

悩むというよりも、彼女の活動の幅が広がるにつれ、自分もそこにどっぷりつかっていたので「今の活動をやめるわけにはいかない」という感じでした。自分自身もバリアフリーや公共交通などに興味を持っているので、東京パラリンピックを控えているこの時を逃しちゃいけないな、と思っています。

それに今の妻の状態だと、女性のヘルパーさんだと二人必要です。日本は異性介助はなかなか難しく。本人もそれは嫌だと言ってますし、僕が運転して車で移動した方が、移動中は休めるので本人も楽です。電車は乗り換えや、揺れが辛いので。

——それだけ病状の進行を感じている、ということでしょうか？

移動する時にお姫様抱っこをしますが、以前は僕の肩につかまっていました。今は力が抜けると腕が落ちるようになり、その分、僕が力を入れて抱えることになり、筋肉が減って体重が軽くなっているはずなのに、抱える際に必要な力は増していて、以前より長く抱えることは難しく感じます。

また首を支えられなくなって、僕の胸にあずけたりするようになり、今は僕の腕に全体重が乗るようなイメージです。

——今の思い、これからの決意など。

病気の進行はどうしようもなく仕方のないことです。本人はとても辛いと思いますが、進行する病気と分かった時から「できないことが増えても、僕ができることをしよう」と決めていたので、ショックを受けたりはしません。むしろ、どうすればいいのかを自分なりに考えて、できることをしようとしています。

心配なのは本人の気持ちの方で、どんなに進行しても決して負けないでほしいと願っています。こうして心が元気でいられるからこそ、体の自由が利かなくても活動を続けられます。僕もできることをしているだけなので、特に大変とは思っていません。ないとは思いますが……もし彼女が辛さを乗り越えられないと、僕はどうしようもなく、考えるのも正直嫌ですね。

治療薬ができたり、筋肉が増えて歩いたり食べたりできるような、より効果的な治療法ができてほしいと希望は持っていますが、日々進行してできないことが増えても、誰のせいでもなく、そのことでくよくよなんてしていられないです。

◎妹・節子さん

――友理子さんについて。

とにかく精神的に強いです。デンマーク留学で一緒に生活する中で、それまで以上に感じました。今できることを全力投球する性格で、自分にできないことを考えて悩んだりしないところが素晴らしいと思います。

社交的でどんな人とも仲良くなれ、また出会った人を味方にしてしまう力を持っています。今の活躍は、全て周りの人の助けがあって実現していることで、それは姉の人としての魅力がそうさせているのだと思います。

――友理子さん・洋一さん夫妻について。

支え合って成り立っている夫婦で、姉一人でも洋一さん一人でもなく、二人そろって初めていろんなことが成り立つのだと思います。外から見ると「なんて素晴らしい旦那さん！」とイメージされると思いますが、夫婦の関係は常に対等で、姉ができないことを洋一さんが行い、その逆もあると思います。やっぱり、素晴らしい旦那様です。

◎洋一さんのお父さん
――結婚の話を聞いた時。

仕事柄、長崎の難病センターの患者さんと接点があり、積極的にサポートしていた矢先、洋一の結婚の話を聞きました。世の中には難病と格闘しながら生きている方たちがいっぱいいらっしゃることをちょうど実感していた時で、友理ちゃんから、自分の知らない世界をまた広げていただいた、そんな出会いでした。

お付き合いをしていたのは知っていましたが、やはり結婚となると、洋一自身の将来もまだ確定していた時ではありませんでしたので、特に家内は心配しており、承諾するまでさまざま悩みが深かったと思います。

ですが、病気を承知の上で息子が結婚したいということは、よほどの思いなのだろうと、お会いしました。友理ちゃんもとても前向きな娘さんで「何としても了解をとって、洋一と生涯を共にしたい」という気持ちが伝わりましたから「洋一が覚悟を決めたのなら」と、私は前向きに了承しました。

――今のお二人にひと言。

離れて暮らしており頻繁に見舞いに行けませんでしたが、危険な状態を乗り越えて、栄一が自然分娩で生まれてきました。これだけでも素晴らしいことだと思います。この段階を二人で乗り越えて、信頼関係をお互いにつくり上げていったのだろうと思います。

とにかく夫婦元気で、さまざまな活動を通しながら、病を抱えた身でありながらも多くの人たちの力になったり、希望や元気を与えられる心をもって輝いていってほしいと思います。

◎洋一さんのお母さん

――結婚の話を聞いた時。

洋一が大学に入学した時は、いずれ長崎に戻って一緒にタッグを組んで仕事をしたいと、夫は思っていたようです。

洋一の2歳下の妹の大学受験で友理ちゃんにお世話になったので、合格した時にご飯を一緒にと招待したんです。そこが4階で「お兄ちゃんが、友理ちゃんをおんぶして来てるよ」と娘から聞いて驚いたのを覚えています。

結婚に関しては、もう洋一の腹が決まっていて決意が固くて。私もいろいろ思い悩んで、まだ洋一は学生で仕事もしてなかったですし「収入もないのに結婚を申し込むなんて、相手に対して失礼よ」と言いましたら「向こうのご両親も結婚後しばらくして大学院博士課程に戻ったから構わないって言われた」と答えました。本人が「自分が苦しかった時に、友理子に助けてもらったから」と。

あちらのご両親には結婚前からお世話になっていたので、お母様にお礼の電話をした時、私は「複雑です……」としか言えませんでした。あちらのお母様も「はい、複雑です」と言われて……お互い言葉が出ませんでした。

——友理子さんに着物を贈られたそうですね。

洋一から「なんか着物ない？　着たいって言ってる」と聞いて、私が嫁入りの時の一番気に入っていた着物をさしあげまして。二部式にして喜んで着てもらえているようで、嬉しく思います。

――今のお二人にひと言。

あちらのお母様に「どうやってこんな良い息子さんを育てられましたか？」と言われた時は「ああ、そう思っていただけたのなら良かった」と思いました。

友理ちゃんは女の子を欲しがってましたけど、栄君が生まれて、洋一と男同士でいろいろな意味で良かったと思っています。離れて暮らしていますが、元気に生きてくれれば、それで……。

中学、高校時代の洋一は反抗期もなく何でも話してくれる子で、同世代の息子を持つ私の友人たちからは羨ましがられました。今は「心配しなくていいよ」と多くは語りませんが、夫婦二人で頑張って、皆さんの力を借りて良い方向に進み、世界が広がっています。まさかこんな展開になるとは思いませんでしたので、嬉しいですね。

やはり二人はこういう使命があって一緒になったんだなと思いますので、迷わず進んでほしいと願っています。

第三章

私は車椅子ウォーカー

障害者って恥ずかしい⁉

今でこそ、私は「重度障害者です」「難病患者です」と堂々と言いきることができますが、そこに至るまでにはさまざまな葛藤がありました。頭では分かっていても「絶対に治したいのに、治すのに」と、どこかで納得していない自分がいました。

2006年、出産して1カ月ほど経つと体力も回復し、幸いにもまた立ち上がることができました。でも、ギリギリ何かにつかまってやっと歩ける状態。栄君を抱っこしたまま歩いたり、移動することはできません。

遠位型ミオパチーは、例えば交通事故による脊椎《せきつい》損傷などで、ある日突然動けなくなり障害が固定されるのとは違って、ゆっくり、確実にできなくなることが増えていきます。いつか車椅子を作らなければいけないタイミングが来るのは分かっているのです。栄君を抱いて歩けないなら、車椅子に乗って膝の上に乗せて移動するしかありません。家はすでにバリアフリー。でも、どうしても〝私の車椅子〟を持つことに抵抗がありました。

「絶対に病気に負けない！」と決めていたのに、自分専用の車椅子を持つのは、治すことを諦めたような気がしたのです。病院で借りるような、自分専用とは明らかに違う大きな車椅子なら「あの人、骨折でもしたのかな」「具合が悪いのかな」と見られるかもしれないけど、自分の体にフィットするオーダーメードの車椅子に乗っていたら「この人は障害者なんだ」と断定して見られてしまう。悪あがきかもしれませんが、そんなことを考えていました。

――借り物と自分の車椅子では全然違う！　自分の車椅子なんて作りたくない！　そんな気持ちでいっぱいでした。

握力もすごく弱っていたので、ちょっとしたスロープも上れなくて、ほとんど洋一に押してもらうことになるでしょう。洋一は、車椅子を押すことにためらいはないのかな……躊躇しながらも、聞いてみました。

「洋一、車椅子に乗れば、きっとジロジロ見られると思うんだよね。車椅子を押すことになったら恥ずかしくないの？」

洋一はちょっと呆《あき》れたような表情で言います。

「あのさぁ……僕が車椅子を押すのを恥ずかしいとか、人の目が気になるって思ってるの？　恥ずかしいなんて全然思わないよ。もし僕のことを可哀想とか思う人がいたら、その人の方が可哀想だし、悲しい人なんだよ」

そう言われて、ハッとしました。私は障害者を「可哀想な人」だと思っていたのかも……。夫は続けて言いました。

「病気は、恥ずかしいことじゃないでしょ」

その通りです。単に人の視線が恥ずかしいというだけでなく、病気であること、そのために車椅子に乗ることが、どこか負けているようで、恥ずかしく思ってい

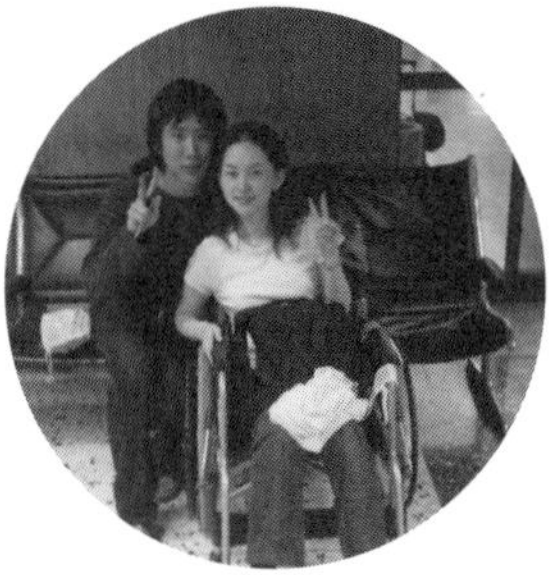

2005年 新婚旅行の
ハワイには借り物の車椅子で

たのだと思います。そういう性格といえば、性格なのですが……。

「車椅子になっても、寝たきりになっても、友理子は友理子。何も変わらないよ」

洋一の方が、私より現実を受け入れていました。

――障害者は恥ずかしい存在なのだろうか？

どうして私はそんなことを思ってしまったのか。この時から、いろいろなことを考えるようになりました。

私の翼、簡易電動車椅子

こうして私は２００６年10月に、自分専用の車椅子を手に入れました。

この時の車椅子は手動タイプ。握力も腕の力も弱っていたのに、なぜ手動車椅子にしたのか――？

車椅子を購入する際、補装具費支給制度の申請をすると、各自治体の身体障害者更生相談所などにより適合判定されます。筋疾患でいずれ動かせなくなるとしても「今の段階では手動車椅子での移動が可能」と判定されれば手動となるのです。当時、私に許可がおりたのは手動車椅子でした。最近の事例では、まだ歩けている人でも簡易電動車椅子の判定が出るようになってきているようです。

税金を使った国の制度なので難しい面があり一概には言えませんが、私にとって手動車椅子は、一人ではとても使いこなせませんでした。家の前が坂なので、もうそこからすでに無理。外に出られないのです。入り口のスロープも進めず、1㎝の段差さえも乗り越えられません。手動は本当に力が必要です。女性なら、手に障害がない人でさえ、動かすのは大変だと感じました。

栄君と一緒に外に出たいのに、どこへも行けない。だんだん気分も滅入《めい》ってしまい「どうにかしなきゃ」と思っていた時、車椅子の販売店の方から簡易電動車椅子の試乗を勧められました。

――なになに？　私一人でも動けるの？　ホントに？

せっかくなので、乗ってみることにしました。すると、今まで自分一人で外出できなかった私が電車に乗り、都内の友達に会いに行けたのです。——わーっ！　一人で行動できた‼　本当に羽が生えたみたい。これがあれば私はどこへでも行ける。

こんなに気持ちがワクワクしたのは、久しぶりです。歩けていた頃、お気に入りのパンプスを履いて、颯爽《さっそう》と街を歩いていた頃に戻ったみたい。元気も、勇気も湧いてきます。

手動の時にはあんなに難関だったスロープも、難なくクリア！　時間に制限はありますが、車椅子が乗り入れできる場所ならば、洋一や妹の手を煩《わずら》わせることなく、一人で外出できる。私の行動範囲を画期的に広げてくれた簡易電動車椅子。あの感動の瞬間は忘れられません！

障害者が適切な福祉機器を生活に取り入れることの大切さを痛感した私は、ほんの2年前には自分の車椅子を作ることをあんなに躊躇していたのに、２００８年12月、迷うことなく簡易電動車椅子に乗り換えました。再び、自由を手に入れたのです。

現在（2015年8月）も、この2台目の車椅子を使っています。手動車椅子はすぐに作り替えることになってしまって、お金も時間も、もったいなかった。もし手動車椅子の約2年間に電動車椅子を使えていたら、どれだけ私は外に出られたか、得難い経験を積めたのに……と。

難病患者最大の試練。それは、いかに病気を受容できるか——。私にとって本当の受容は、自ら外に飛び出すために、この車椅子を受け入れた過程の中だったのだと思います。障害者なのだから、私の脚となる車椅子に乗って、いろんな景色を見て体験を重ねて、これが常に学びの機会であることを忘れずにいればいい。ここから、私の人生に「車椅子ユーザーとして」という視点が加わりました。

さてここで、私の愛車について少し紹介しましょう。私の車椅子は、OXの車椅子　YZ—E（オーダーメード）に、ヤマハ発動機の電動ユニット　JW—X1をつけた「簡易電動車椅子」です。

電動車椅子は、介助者がずっと付きっきりで押す必要がないので、それぞれのペースを保てます。例えば、家族でショッピングセンターに行った時にも「じゃあ、私はこっち」と別行動をして待ち合わせすることもできます。プリンセス会でハワイに行った時にも、別行動ができました。

車椅子ユーザーの立場からいうと、例えば「買い物したいな」と思っても、介助者が手動で押していると遠慮しますが、電動だと車椅子の後ろに買い物袋をかければ、自分で持てます。

◎重さ　約30kg
◎充電　ニッケル水素バッテリー　走行距離約15㎞／1充電

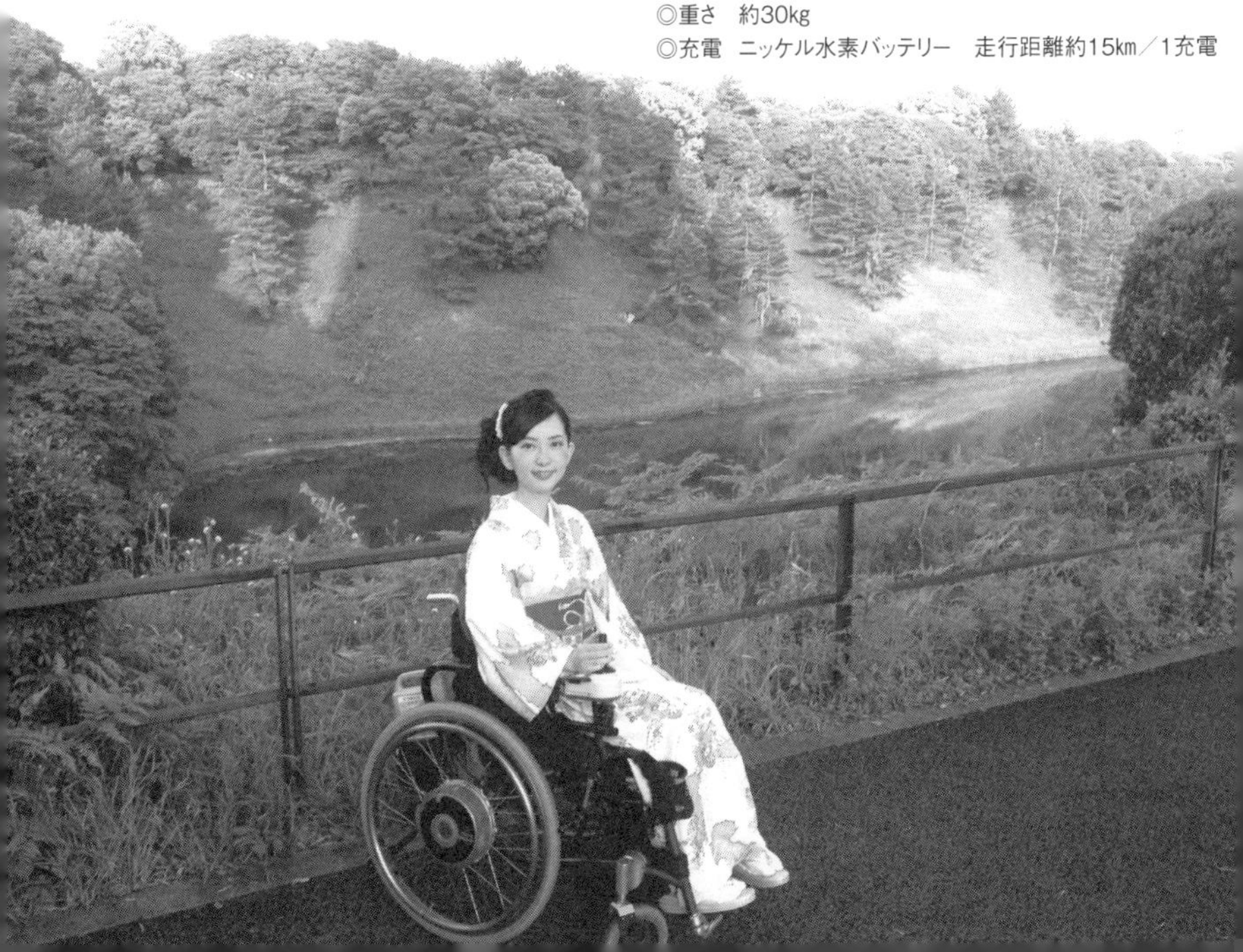

押してもらっていたら、押す方が大変ですので「あの坂の上まで行ってみたい」と言いづらい時もあります。電動車椅子だったら段差さえ無ければ健常者の時のように、自分の意思で自由に移動できます。できる限り介助者に迷惑をかけないでいられることは、すごくメリットだと思います。

普通の電動車椅子は、がっしりと大きなタイプですが、私が使用しているのは「簡易型」。手動の車椅子に電動ユニットをつけています。バッテリーは後ろにあり、ジョイスティックで簡単に行きたい方向に進むことができます。もちろん、スピードも指先の感覚で調整可能です。転倒防止用の後ろの車輪を収納し、介助者に支えてもらえば、大きな段差も乗り越えられます。

手動と電動の切り替えができるのも、便利な点。簡易型は折りたためるので、介護専用ではなく普通のタクシーに乗ることができます。後ろのトランクに車椅子を入れてもらい、自分は座席に座れます。私の生活にとっては、これも外せないポイントです。

このように簡易電動車椅子は私の生活に非常にマッチしていて、本当に助かっています。福祉機器を上手に利用すれば、障害があっても十分に人生を楽しむことができます。ＰＡＤＭの活動も、プライベートな買い物も、ママ友とのランチも、気兼ねなく一人で電車に乗り出かけられます。

そういう生活の質を上げる福祉機器の情報は、なかなか障害者だけでは収集しきれないものですが、私の場合、周りにいる従事者の方たちの提案によって出あうことができ、世界が変わりました。とてもありがたいことだなと思います。

歩いている人と、おしゃべりしながら移動できる

大きな段差は、洋一に支えてもらいながら移動

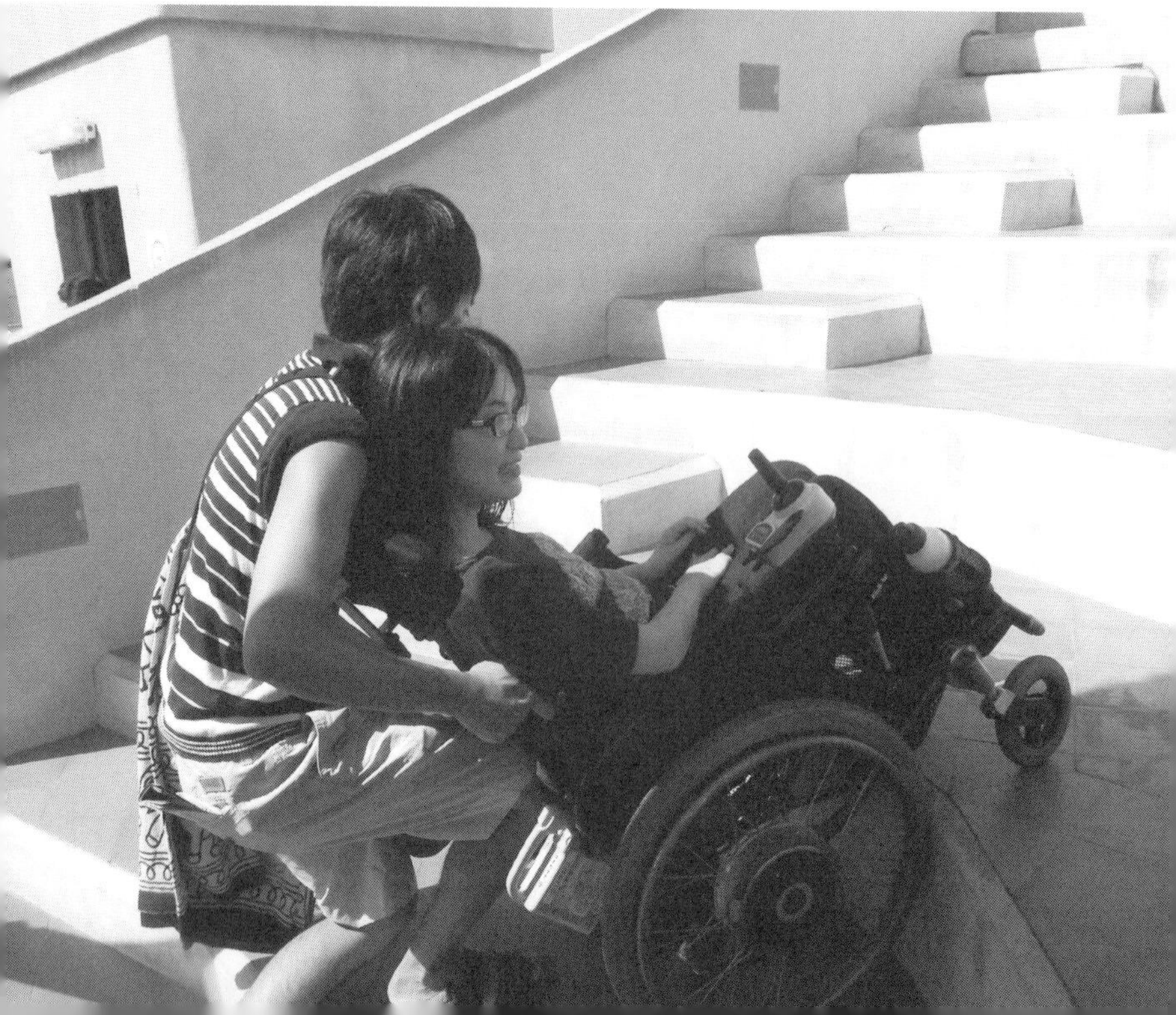

車椅子ユーザーの声をメーカーへ

私は20歳まで健常者の時代があったので、健常者と障害者の両方の視点を大事に生活しており、進行性の病気という特徴から、単に車椅子生活ではなくて、さまざまなパターンの障害を体感しています。

ある大手アパレルメーカーさんでは、私がアドバイザーになって車椅子ユーザー向けの洋服を開発していただき、販売されることになりました。

また、私の車椅子はオーダーメードで体にピッタリ合っていますが、乗りこなすうちに「ここをこう変えてくれれば、もっと便利になるのに」と感じることや気付いたことが出てきます。それらを、私はメーカーさん（ヤマハ発動機。以下ヤマハ）にお伝えするようにしています。年に1回ある国際福祉機器展H・C・Rの展示会には必ず出向くようにし、さまざまな情報収集はもちろん、ヤマハのブースでは担当の方々に直接意見をお伝えします。

例えば「車椅子ももっとオシャレなデザインのものが欲しい」とか「タイヤにつ

けるキャップはなぜ水色なんですか？（この色は私の赤い車椅子に合わないので嘆いていたら、プラモデル好きな方が黒く塗ってくださいました）」とか、海外に行く時に空港でバッテリーの持ち込みが大変なので「ドライバッテリーと英語で明記してくれれば、ややこしい説明と手続きが省けます」などなど。

そんな繋がりのおかげか、ヤマハでの講演に呼んでいただいたり「Ｒｅｖ Ｓｔｏｒｙ 心のバリアフリーへ」というＷｅｂＣＭに出演させていただきました。

そこで私は「一人で外出でき、世界が広がった」と語ったのですが、それに対

ヤマハWeb CM「Rev Story 心のバリアフリーへ」
http://www.yamaha-motor.co.jp/mc/blog/2014/09/20140901-001.html

して、一緒に出演されたヤマハの梅林大輝さんは「一人で外出できたのは、車椅子を使って初めて獲得できたことではなく、以前、通常にされていたことなので〝変わった〟というより〝取り戻した〟ですよね。私はそういう表現が好きです」と言われ、さらにこう続けられました。

「障がいがあることは特別じゃない。視力が落ちたらメガネをかけて視力を取り戻すように、当たり前にあるというのがいいと思いますね。日本はどちらかというと、ハード面のバリアフリーは進み始めたかなと思いますが、心のバリアフ

みなさんと講演後の記念撮影

ヤマハ発動機にて講演

リーはまだまだ遅れていると思います。周りから特別な目で見られない、そういう世の中になってほしいですね」

感動しました。本当にその通りだと思います。もし、障害があることで、自分のしたいことを諦めたり、何となく家の中にこもりがちになっている人がいたら、少しの勇気で世界が広がることを知ってほしいなと思います。

◆友理子さんを支える人たち――

友理子さんの世界を大きく変えた「簡易電動車椅子」。メーカー側はどのような思いで開発し、改良を重ねているのか――。ヤマハの車椅子部門担当の米光さんと鶴田さんに話を聞きました。

実は、友理子さんが使用している電動ユニットが、２０１５年８月に「車いす用電動ユニット JWX-1 PLUS+」として、９年ぶりにモデルチェンジを発表。まだ現時点（２０１５年８月末）では友理子さんは変更していませんが、検討中とのこと。日頃、車椅子になじみのない方にも、ユーザー側の視点に立った細やかな福祉機器の進化を感じてもらえるよう、まずは新ユニットの主な特徴をまとめました。

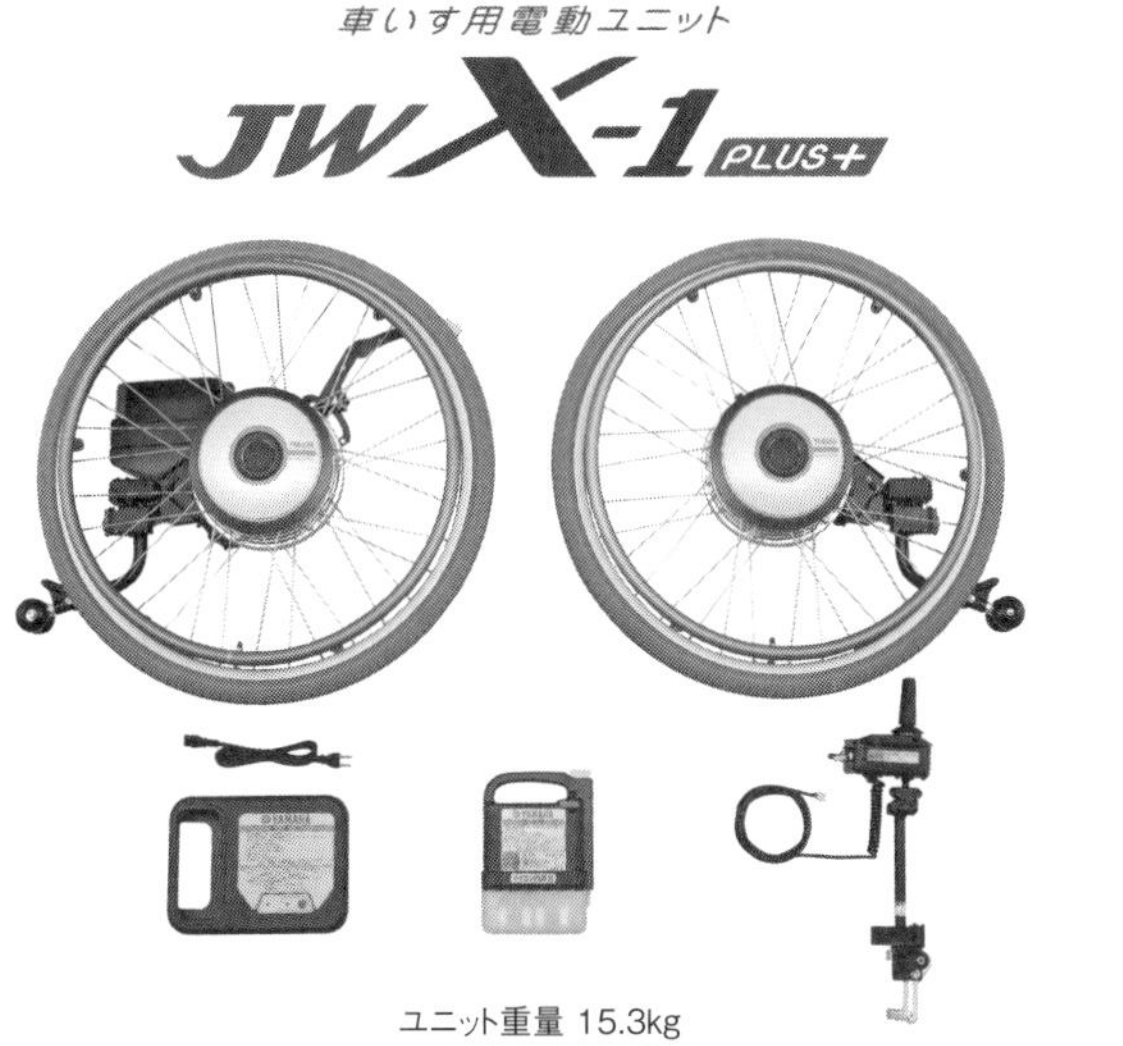

ユニット重量 15.3kg
（バッテリー含まず）

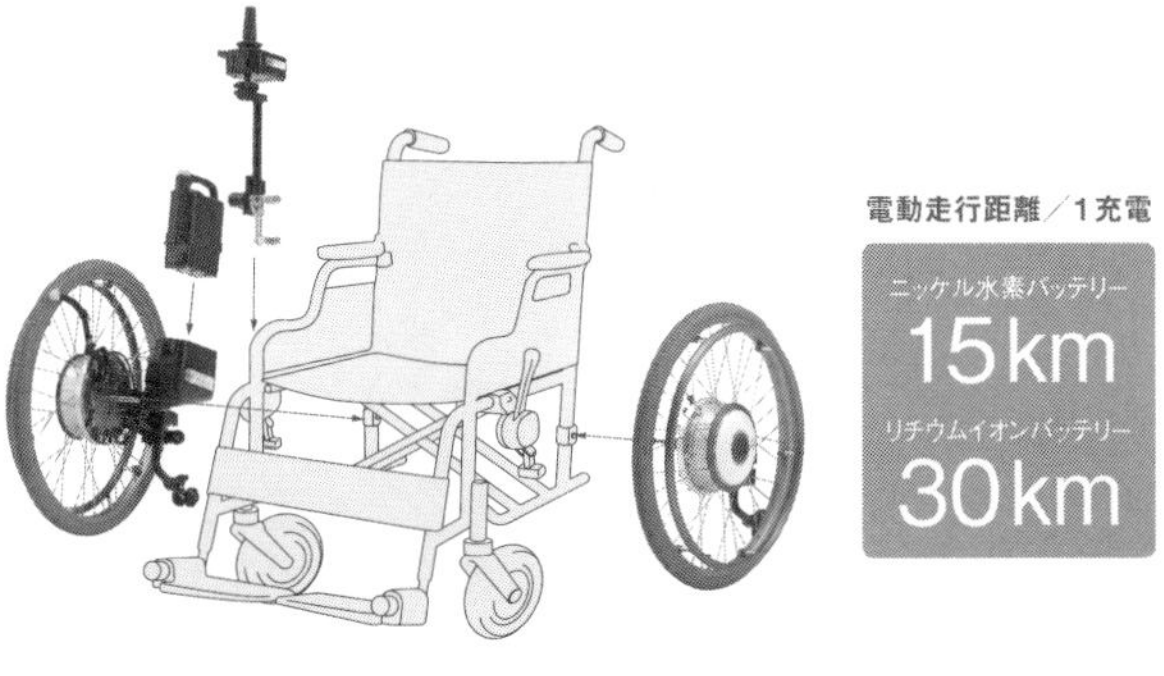

電動走行距離は、バッテリー新品、常温15〜25℃、直線平坦路連続走行時
［補装具対象品］
構成内容：駆動輪（ACサーボモーター）×2、専用充電器×1、バッテリー（マイコン内蔵ニッケル水素）×1、感度調整式ジョイスティック×1

ジョイスティックタイプの大きな変更点

利便性

ジョイスティック部のUSB電源ポートで、スマートフォンの充電も可能。

安全性

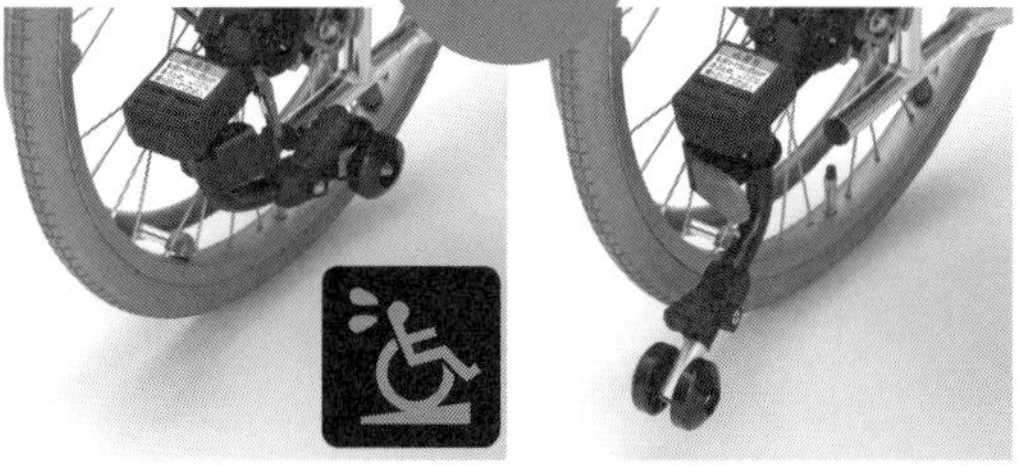

（転倒防止バー出し忘れお知らせ機能）
転倒防止バーが収納された状態で電源を入れると、音とアイコンでお知らせ。

機能性

（感度調整式ジョイスティック）
スマートチューンという専用ソフトで、パソコンでコントローラーの感度設定が可能。筋力が落ちても細かな調整ができるため、長く使用できる。

デザイン性

バッテリーやジョイスティックの色変更、カラーキャップのバリエーションなど。

◎ヤマハ発動機　ＩＭ事業部　ＪＷビジネス部長　米光正典さん
同営業グループ　鶴田翔平さん

――今回のモデルチェンジについて。（以下、敬称略）

米光　大きな変更点の一つはデザインです。バッテリーやジョイスティックの色を薄いグレーから黒に変更し、あまり車椅子を主張させずモノトーンで抑えました。

少し前からカラーキャップは注文時に９色から選べるようになっています。織田さんは自分で黒く塗られてたでしょう？　「車椅子は自分のおしゃれで乗りたいから、デザインにも気を使ってください」と要望がありまして。織田さんの意見が参考になったところは多分にありますが、ちょうどヤマハの「車椅子デザインにも力を入れよう」という時期とタイミングが合ったんです。

鶴田　織田さんの機種ではありませんが、アシストタイプの「ＪＷスイング」は、昨年グッドデザイン金賞を受賞し、他にもデザイン面で多くの賞を受賞。非常にデザイン性が評価されているんです。

米光　機能や性能も大事ですが「使った時の満足感」は、やはりデザイン的なカッコよさや上質感。そこにも気を使ったモノづくりを、という思いがあります。

車椅子で外出すると、良い悪い関係なく注目されてしまうので「これなら使ってみたい」と車椅子に対するハードルを下げて、一人で移動できたり自立できる可能性に繋げていきたいですね。

――「ドライバッテリー表示」も、友理子さんから要望があったとか。

米光　航空会社で荷物チェックの際、ドライバッテリーかどうかが重要になります。展示会で会うたびに「表示があれば助かるのに、何で入れないんですか?」と聞かれました。

鶴田　電動車椅子のバッテリーを航空機で輸送する際には、さまざまな条件があるんです。今までは記載がなく手続きが大変だったのを、明記して解決へと。

米光　バッテリーに関しては、ある意味、織田さんの意見が通ったといえますね。

――他のユーザーの方からの意見は？

米光　あります。ただ織田さんの場合、妙に断れない押しの強さといいますかね（笑）。

鶴田　部長を動かすパワーというか……（笑）。

米光　織田さんの行動力、発信力はすごいですからね。

――他にも安全性や病状の進行に合わせたジョイスティック部分の感度設定など、きめ細かな変更がなされています。

米光　より多くの方に長く使っていただきたいので、病状の進行に合わせて、自分が動かしやすいよう、ばねの強さや有効範囲などをパソコンで設定できるようにしました。スティック部分も、その方に合わせた形状に変えられますし、大きさも一回りコンパクトになっています。

鶴田　細かいところで、今までのコントローラーはわずかな段差にゴミが溜まって掃除しにくかったんです。そこも無くしています。

――最後に、友理子さんはじめ車椅子ユーザーにひと言。

鶴田　織田さんは「ヤマハの製品を使って、こういう生活をしてほしいな」と考える理想的な使い方をされているような印象があります。「簡易電動車椅子があるから、こういう体験ができた」と発信もしてくれているので、こちらも「ああ役に立てているんだな」と思えます。メーカー側に要望も出してくださるので、貴重な存在の一人です。

米光　織田さんは、心がすごい。負けずに365日、何年も車椅子でさまざまな活動をされています。僕らは1日試乗しただけで心身ともにヘトヘトに疲れますから。織田さんの姿を動画サイトなどで見ることで、同じような環境の人が勇気づけられ「自分も」と思うのではないでしょうか。

車椅子自体は一人一人の体に合わせて作るので、工房や装具店の世界。

ヤマハはバッテリーや電動ユニットの部分に全ての技術を注ぎ込んで、ユーザーの方々のライフスタイルの広がりを応援していきたいですね。

障害とは、環境や社会がつくりだすもの

「４・５㎝――皆さん、手でつくってみてください。これは何を意味する数値か分かりますか？」

私は講演などで、よくこの言葉から始めます。４・５㎝とは、車椅子の私が一人では越えられない高さです。「グーグルインパクトチャレンジ」の１分間スピーチでも、この話から始めました。車椅子ユーザーにとって「あぁ、私には障害があったんだ」と思うタイミングは「段差と幅」そして「人の対応」に差を感じる時です。

指で大きさをつくるとイメージしやすいと思いますが、街を車椅子で走っていて、前方にそれ以上の段差があったら、私はそこから先には進めません。歩ける方

には見えない、大きな大きな壁が立ちはだかっているのです。今度、外出した時、ちょっとだけ足元の段差を注意してみてください。この程度の段差は、あちこちにいっぱいありますよね。

幅も、とても重要です。私の車椅子は小さめなので、幅60㎝。比較的新しい建物だと両扉が開いたり、80㎝幅が確保されて難なく通れますが、古い建物だと60㎝幅で、その時点で、その先にはもう行けません。

そして「車椅子は受け付けられません」と告げられた時。車椅子というだけで一線を引いてしまう「人の壁」を感じます。先方は決して悪気があってのことではなく、むしろ無意識なのです。ただ単に数の原理で、世間的にメジャーであるとかマイナーだとかで扱いを変え、対処法が考案されています。

そもそも障害って何でしょう？　私は「段差と幅と人の壁」がなかったとしたら、何ら障害を感じることはありません。

だから「障害とは、環境や社会がつくり出すもの」だと思うのです。

10年前、まだ車椅子を使っていなかった頃の私は、車椅子生活がこんなに不便だとは思いもしませんでした（誤解なきよう。もちろん便利なんです。でも街に一歩出た時、残念ながら不便さを感じることがたくさんあるのです）。日本だけでも200万人以上といわれている車椅子ユーザーの多くが、ごく限られた自宅圏内から出られないのが現状です。それはなぜか？　私たちが初めて経験する場所に行く時、事前に時間をかけた綿密なリサーチと飛び出す勇気が必要だからです。

私が新しい場所に行こうとする時、まず最初に「車椅子で行けるのか？」をインターネットで調べます。ある程度は情報を得られても、まだ足りなかったり「ちょっと怖いからやめておこうかな」と思ったりすることも多々あります。私の場合は、洋一がついてくれるので、多少のことは心配しながらでも行くことができますが、やはり情報の詳細があるかないかはすごく大きいです。

グーグルインパクトチャレンジでバリアフリーマップを作ろうと思ったのもそこが理由です。ちょっとした情報が、どれだけ車椅子ユーザーにとって、小さな壁を越える後押しになるか、皆さんに知っていただきたいのです。

動画サイト「車椅子ウォーカー」

私が今、チャレンジしているさまざまな取り組みは、障害者となったからこそ果たせる使命だと思っています。その一つが、２０１４年１月から開設しているユーチューブの動画サイト「車椅子ウォーカー」です。

車椅子ユーザーだって外出したい！
もっとバリアフリーが浸透してほしい！

街で見かける車椅子ユーザーが増えたら、障害者に対する理解がもっと進むんじゃないかな？　そんな夢を叶えるため

https://www.youtube.com/user/kurumaisuwalker

に、車椅子スポットを紹介しています。健常者の方にも、動画であれば車椅子生活がイメージしやすいと思います。また障害者、車椅子ユーザーには、不安な気持ちを少しでも解消してほしいのです。

「車椅子でも諦めないで。いろいろ調べて外に一歩踏み出してみてね。その経験はきっと、大きな自信に繫がるはずだから。ひとりじゃないよ」

こう伝えたいのです。街で声をかけて手伝ってくれる人だって、たくさんいます。この情報は、きっとご年配の方やベビーカーを使っているママさんたちにも役立つはずです。

とはいえ、私は「車椅子ウォーカー」の運営に迷った時期がありました。私の手足の筋肉は病気によって日々衰え、徐々に手が上がらなくなってきています。

健常者の方が〝車椅子ユーザー〟と聞いてパッと思い浮かぶような上肢が丈夫な姿からは、私はかけ離れているかもしれません。だから、このサイトは、私が運営するより、別の方がいいのではないかと。

でも、サイトをご覧になった全身性障害の方や、障害のある子を持つお母さんなどから、嬉しいお言葉をたくさん頂きました。「素敵な情報をありがとう。諦めてたけど、私も外に出てみます」と。その時、私の迷いは晴れました。私がしたかったのはこれなんだ。家の外に出られなくて困っている方々の背中をそっと押して、ほんの少しでも環境を変えるお手伝いをしたかったんだって――。それが私の原動力になっています。

同じ思いに立ってくれている制作スタッフは、テレビ番組のディレクターさん。私たちの情報サイト「車椅子ウォーカー」が、環境だけでなく、少しでも心のバリアフリーの広がりにも役に立てたら嬉しいです。

だから、飛行機での移動やミカン狩り、いちご狩り、回転寿司、船釣り……等々、次はどこを紹介できるかなとワクワクしています。船釣りの時は、私は普段、車椅子でガタガタと揺れているからか（?）大丈夫でしたけど、制作スタッフや息子はひどい船酔いでダウンしていました。

「車椅子ウォーカー」は日本から発信するバリアフリー動画情報サイトです。ぜひ見ていただければと思いますが、この本でもいくつか紹介したいと思います。

こんなところにも、行けるんです！

事例①
日本は凄い！　ANA（全日本空輸）飛行機搭乗 B787

この撮影を通し、車椅子ユーザーでも安心して飛行機に搭乗できるということを、あらためて実感しました。それは企業努力の積み重ねの結果です。本当にありがたいことです。この回では、実際ANAの機内BGMにも使用されている楽曲「Another Sky」の使用許可を頂くことができました！　皆さまのご協力をいただいての「車椅子ウォーカー」です。

この旅は、羽田空港から熊本空港まで。登場手続きは専用カウンターで行います。空港用車椅子に乗り換え、自身の車椅子は預けます。保安検査場を過ぎると、旅客係員の方が案内してくださいました。

機内へ入る直前、空港用車椅子の大きいタイヤを外し、さらに肘かけも外されます。すると、どんどんコンパクトサイズになり、機内の通路にギリギリのサイズに！　機内を動いても座席にぶつからないよう設計されていて、問題なく座席に到着。座る間は上半身固定用サポートベルトの貸し出しもあります。

いよいよ出発。ここで凄いのがトイレ！　中で区切られていた二つの化粧室の仕切りを開けると、二つのトイレが一つになり、機内専用車椅子がすっぽり入る空間に早変わり（この仕様はボーイング787のみ）。仕切りが外れるなんて初めてです。実は……いつもは国内線も国際線も、お手洗いは我慢していたので

車椅子が機内用の
コンパクトサイズに

なんと2つの
トイレが1つに！

す。

熊本空港に到着すると、自分の車椅子が用意されていました。安心で、快適な空の旅でした。

事例②
H・I・S・クルーズ　アメリカ国籍の船の旅

2014年4月1日、横浜港を出て韓国の済州島へ。そこから佐世保港に寄り、横浜に帰ってくる5泊6日の旅。これは株式会社エイチ・アイ・エスのバリアフリー旅行専門デスクの企画です。

この9階建ての船、アメリカ国籍なので、なんと船内まるごとバリアフリー！

例えば息子が「プールに行きたい！」と一緒に移動する場合、エレベーターの段差も幅も問題なくクリア。常駐の医師がいるフロアや、レストラン、ショッピング、シアターなど、どこへ行くにも段差がなくて自由に動き回れます。デッキに出る時だけは段差が3〜4㎝ありましたが、密閉するにはそれくらい必要なんだろうなと思います。

エレベーターが12基あり、716室中、車椅子用の部屋は22室もありました。船内どこに行くにも、ほとんど車椅子で移動できるのです。これなら足腰が不自由な方や、ベビーカーでも楽しめます。

行く前は「6日間も海の上で生活できるのかな。どれだけ不便な思いをするんだろう」と不安でしたが、船内で私が自分の障害を感じた回数は、日常生活の中で感じるよりも極端に少なく、かなり快

快適な船旅の思い出に

適でした。

やはり障害は環境がつくり出すものだと痛感しました。もしなければ、どれだけ心が自由になり、いろいろなところに飛び出せるかと思うと、ぜひ社会全体でバリアフリー化をもっと推進してもらいたいと思います。

バリアフリーは一カ所だけじゃなく、街づくりとして社会全体で取り組むことが必要です。例えば、ある病院がバリアフリーだったとしても、自分の家から病院に行くまでの間がバリアフリーじゃない場合、不便を感じることがたくさんあるわけで……。

幅と段差が解消されていけば、車椅子ユーザーやベビーカーや高齢者にとって、かなり移動しやすい街づくりが実現できると思います。ですが、環境はすぐに変えられることではありません。国や自治体レベルで対応していただかなければならないこと。いつになれば進んでいくのかな……。いつか必ず、そしてなるべく早く！

とはいえ、日頃不便な思いをたくさんしても、そこで落ち込んでいては何も変わりません。不便さを体感する度に学びの機会であると捉え、その先をどう対処していくかを自分なりに考え、また、同じ境遇の方と意見交換をします。毎日が勉強です。私のこの経験が、いつかきっと誰かの役に立つはず。まだ日本は暮らしやすい方だと思いますし、気付いたことはできるだけ、担当の方に伝えるようにしています。

先日、夫の実家に帰省した際、空港から市街まで高速バスに乗りました。高速バスは便利ですよね。乗ってしまえば目的地まで一直線。ですが、残念なことに高速バスはノンステップではなく、リフトも付いていないので、夫が私を抱き上げ3～4段の階段を上がって着席し、車椅子はたたんでバスの荷物入れに。こういった車椅子ユーザーならではの困難さがつきまといます。

乗る時はいつも運転手さんに「一番前の席を空けておいてもらえませんか?」とお願いします。大抵どなたも快く対応してくださいます。

しかし、今回の運転手さんは「このバスは指定席ではないので、奥まで行ってください」と言われました。少し悲しく残念な気持ちになったので、到着後、管理職の方とお話しさせていただき、①移動が困難な人への理解促進を　②最前列に優先席を設け表示してもらいたい――このような要望を伝えました。

「座席上部の白いカバー等に『優先席です』と表示していただけたら、障害者だけでなく、お年寄りや赤ちゃん連れ、妊婦さんなど移動が大変な方が助かると思うのですが……。関東の高速バスでは導入されているのを見かけます」

「それいいですね。路線バスなんかでは見かけますが、高速バスで実施されている所があるとは知りませんでした。すぐに上層部に伝えさせていただきます」

すごく謙虚で真摯な方で、こちらの提案をきちんと聞いてくださったのです。この方とお話ししただけで素敵な会社だなと思いました。次に利用する時までに、高速バスの優先席がお目見えすると嬉しいですね。

また、例えば都内の古い小さなホテルだと、車椅子用のトイレがないなんて当たり前。あったらむしろすごい！　という感じで慣れっこです。建物を見て「ありそうだな」とか予想しています。もちろん外れることも多々ありますが。新しい建物は条例などにより、多目的用トイレを備えておかないといけないけれど、古い建物は改修工事をして備え付けなくてはならないので、タイミングがいつになるか、というだけなんです。

最近興味があるのは、日本やアメリカ、ヨーロッパ以外の途上国のこと。その国の障害者の方たちはどう生活しているのか、いずれは勉強したいと思っています。

ハートのバリアフリー

「ハード面」でのバリアフリーは、予算や制度が整えばある程度は解決できます。同時に「ハート」つまり人々の心のバリアフリー化をどう進めていくか、というのはとても難しい課題です。「こうしたらいいのでは?」という解決策はありません。私が街に出て遭遇した出来事、感じたことが、少しでも誰かがバリアフリーについて考えるきっかけになればと思い、ブログなどで発信しています。

ある日、私と洋一は秋葉原の駅構内で、エレベーターを待っていました。近くにはエレベーターはその1基しかありません。入り口前には、海外の高校生くらいの方が数人いて、私たちはその後ろに並んでいました。

すると、その中の一人が私に気付き、仲間に伝えたかと思うと、一斉にサーッと、まるで花道のように開けてくれ「ドウゾ」と促してくれたんです！　なんて感動的でしょう！

私は車椅子だから「譲ってもらって当然」などとは思っていませんので、普通に後ろに並んでいました。でもこういうこと、実は日本では（というか、日本人かな？）滅多にありません。エレベーターが混んでいた場合、中に乗っている方が車椅子の私を見ても、誰も降りずにそのまま通過していく場合がほとんどです。

例えば3階くらいで私が一人で待っていて、到着したエレベーターが満員だったとしても、誰も降りません。私もその人たちに「降りてください」なんてとても言えないので「どうぞ」みたいな感じで、また次に来るのを待ちますが、また満員だったりして。

2回くらい待って乗れなかったら、私はいつもいったん一番下の階に降りてから上に上がるとか、そういう手段をとらなければ目的階まで行けません。健常者の方もされている方法かと思いますが、降りる必要はないけれど「エレベーターに乗るために、一度下まで降りて上に上がる」のです。

見て見ぬふりをする人は、たくさんいます。でも、たぶん日本人って、どうすればいいのか、分からないだけだと思うんですよね。

「もし車椅子やベビーカーの人がいたら、譲りましょう」等のアナウンスも特にないですし。エレベーターは「優先」と表示してあるだけなので。気付いた誰か一人が「降りた方がいいね」と周りに促したり、エレベーターがどうして必要なのかを理解してもらえたら、また変わってくるのかもしれません。

ただ、難しいのは「見た目で判断してはいけない」点です。内部障害など、いろんな方がいらっしゃるので、乗っている人が全員健常者とは限りませんし、私も車椅子に乗っていることをフリーパスのように使ってはいけないと思っています。どなたかが親切で降りてくださることに対しては「ありがとうございます。本当に助かります」と、感謝して乗せていただきますが、自分から言うつもりはありません。言えないです。

とはいえ、車椅子やベビーカーはエレベーターでないと移動しづらいので、足腰丈夫な方で、もし譲れる状況だったら、格好良く促してくださると、ヒーローになれます！　男性の方とかが、周りの方に声をかけてくださって、友達同士で降りようとされたりすると、すごく格好いいな、素敵だなと思います。

いろんな人に優しい社会になるといいですよね。……と言いながら自分を振り返ると、私は健常者だった頃、全然障害者に関心がありませんでした。関心がなかったというか、どう接していいか分からなかったし、どんなふうに困っているのか想像も及ばなかった、というのが正直なところです。ですから、健常者の方々が、障害者に対して差別とか軽視とかいうわけじゃなくて「ただ単に知らない」か「悪意はない」。それだけなのだと解釈しています。

小中学校などで、例えば道徳の時間に1時間くらい、車椅子について学ぶ機会はあるのかもしれません。でもおそらく「車椅子はこういう人たちが乗るものなんだ。へー」という程度で終わると思います。「どういうふうに車椅子ユーザーや障害者に対応していけばいいか」というところまでは、自分自身が受けてきた授業を振り返っても、あまりありませんでした。今もないように思います。障害者とか高齢者とか、ベビーカーの方々に対しての対応について、子どもの頃から知っていれば違うと思います。

「不便さ」の存在を知ってもらう

「不便さが存在する」ということを、知ってもらっているのか、そうでないのかによって、例えば「こういうことを変えてほしい」という意見に対して、どれだけ受け入れられるか、受け止め方に違いが出てくると思うんです。想像することはすごく難しい。やはり体験しないと、なかなか分かりません。夫ですら、たまにですが、段差があって通れない所でも、サーッと先に行かれてしまうことがあるくらいですから。だからといって、不便さを体験しろなんていうのは、とても無理な話です。不便さが存在することを認識してもらう。それが第一歩だと思っています。

私は私と一緒に行動してくれる友人たちに「いろいろ考えてもらって申し訳ないな」と思っていますが、彼女たちは私と行動することによって「ああ、こういう不便なことがあるんだね」と、まず知ってくれます。そこから「○○に行った時に、こういう施設があったよ。車椅子にもいいんじゃないかな」など、情報を伝えてくれるようになり、視点が変わっていくみたいです。特に最近は同期の友人の出産ラッシュなので、ベビーカーを使い始めると「もう本当にエレベーターを探すのって大変だよね！」と、そこは共通して分かってもらえるようになりました。

また先輩世代からは「親の介護で、車椅子の大変さが分かったよ」と言われたり、私たちの車椅子ウォーカーの撮影に一緒についてきた方は「車椅子って、こんなに移動がめんどくさいんだ」と言われていました。経験したことで、かつては他人事だったのが、そうではなくなるのですね。

車椅子やベビーカーなど新しいバリアフリーを展開していくにあたって、そんなの無駄とか、もったいないではなく「今、困っている人がいる。しかも高齢社会で大変な人がもっと増えてくる。自分の親世代が使うかもしれない。自分が子どもを産んだ時に必要になるかもしれない」等々……思いを巡らせることはできます。そうなった時にすぐに手は打てないわけで、今から徐々に対応していくことが必要だと思います。

またある講演では、「たまに電車の中で車椅子の方を見かけるけど、声をかけづらいです。やってほしいこと、やってほしくないことがあれば教えてほしい」という質問がありました。

私は、車椅子のスペースがある車両になるべく乗るのですが、そこは人が立ちやすいというか、寄り掛かりやすいスペースなので、健常者の方に占領されていることが多々あります。そういう時は困りますね。

車椅子のマークがついていても、そのことをご存じないようです。ですから、認識されている方が「ここは車椅子スペースなんですよ」と促してくださった時は、すごくありがたいなと思います。

車椅子スペースがない電車の場合、例えばドア付近の開かない側に私はいるようにしています。座席の前だと皆さんに迷惑でしょうし、ドアがよく開く側だと乗り降りの方に邪魔でしょうし。車椅子スペースのない車両に乗る時は、なかなか悩むところです。

逆に好ましくないというか、あまり嬉しくないことは、私は全く困ってなくて普通に乗っていても、結構ジロジロ見られることでしょうか。

「きっと気にしてくれてるんだろうな。どうしようかな」って思うんですけど、特にモノを落として困っているとか、そんな雰囲気でなければ、そんなに気にしていただかなくても大丈夫。何か困っていることがありそうだったら、声をかけていただければ、とても嬉しいです。私も自分からお願いするようにします。

やはり、知ってもらうことが一番！　それも分かりやすく。「こういったことに不便な思いをしています」と理解してもらうことから始まるのかもしれません。そう考えると、やはり障害者からの情報発信は、意味のある大切なこと。

ハードとハート、両方のバリアフリー化を進めるため、貢献したい。私は不便さを感じる経験が、わりと好きなんです。「ここを変えていけば、もっと良くなる」という発見に繋がりますし、私が発信する情報の蓄積にもなります。

海外に行った時は、初めての場所を移動することが多いので、絶好の機会です。不便さの体験は、自分にとっては大切な財産になると思っています。

第四章

私の使命

私が海外に行きたい理由

私が海外へ行くのは、一種のリハビリの意味合いがあります。もちろんエコノミークラスですので、長時間のフライトはかなり体に堪《こた》えます。でも何年か空いてしまうと、もう海外での活動に耐えられる体力が残っていないのではないかと不安で、日本から出られなくなるような気がします。毎年行くことで「あぁ、まだ体が対応できてる」と確認したいのです。

それより大事な目的は、いろいろな体験をして、できれば「海外のさまざまなバリアフリー情報を共有したい」ということ。そして近い将来は「車椅子の方が、もっと気軽に海外に行けたらいいいな」と思っています。

現地でホテルのコンシェルジュに目的地までの公共交通ルートを聞くと、必ずタクシーを勧められます。「私は電車に乗りたい」「バスでは行けないの?」と尋ねると、諭すようにじっと見つめて「乗り換えがあるから大変よ」と言われます。

でもそこで「車椅子ユーザーとして、あなたの国の素晴らしい公共交通機関を体験したいんです」と言うと、やっと理解してくれて、駅までの道のりや切符の買い方を、地図や路線図を広げながら丁寧に説明してくれます。

大概のことは大丈夫です。どうにもならなかったら、車椅子はたたみ、洋一が私を担ぐから。それでもダメなら、諦めてタクシーか徒歩で。これについては、洋一は覚悟しているようです。妹やヘルパーさんではなく、洋一だからできる荒技。内心ではきっと、私の好奇心に呆れ返っているのかもしれませんが、もう諦めてくれていると思います。いいところも悪いところも、全部体験してみないと分からないことだらけ。一回ではなく、何回も乗ってみないと気付けないことも、たくさんありますしね。

日本より進んでいる公共交通機関のバリアフリーを体験できること、それが買い物より食事より、一番の楽しみです。もちろん、海外の良さばかりをアピールして「日本が遅れている」などと声高《こわだか》に言うつもりは全くありません。

車椅子生活になってから、私の視点は「どうしたら、もっと便利な社会になるかな」とバリアフリーのことで頭がいっぱい。行く先々での経験は、ワクワクし通しです。

アメリカでは、商業用のビルに車椅子用の電動ドアがありました。何げない普通のビルにいろいろな仕掛けがあり発見がありました。

スーパーマーケットに行くと、入り口近くに車椅子マークがあって「車椅子でも入れるエントランスはこちらですよ」と方向指示が出ています。これは便利！普段、車椅子だと「どこから入れるんだろう?」と、入り口を探すことも多いのです。さらには、駐車場の車椅子用のスペースも、とても充実しています。

スーパーマーケットの方向指示（アメリカ）

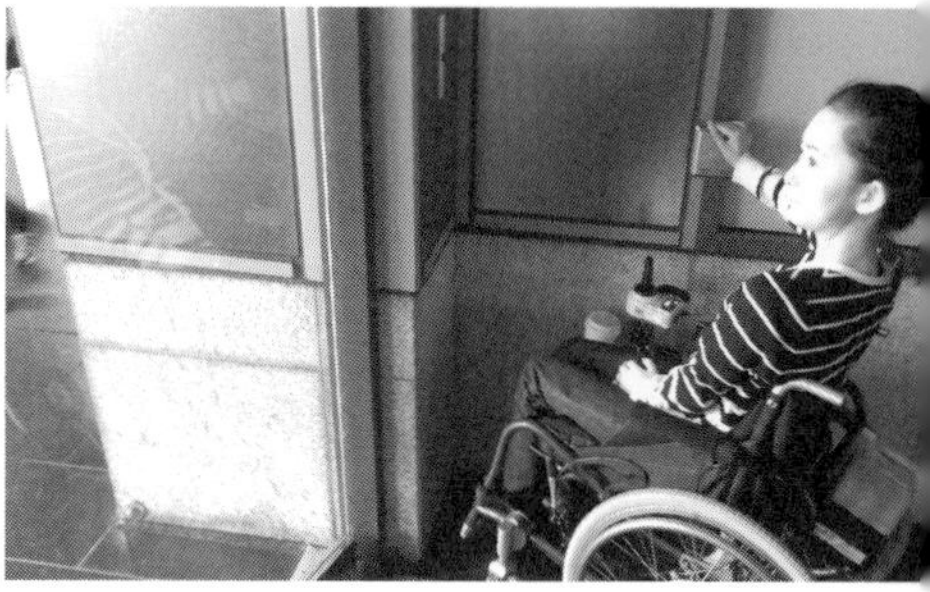
商業用ビルの電動ドア（アメリカ）

中に入って「これ素敵だな。ありがたいな」と思ったのが、最近日本でも少しは見かけるようになった「お手伝い表示」。車椅子ユーザーの目線の位置に「もしヘルプが必要な場合は声がけを」と書いてあるんです。買い物をする時に、車椅子に座っている位置からは商品が見えづらくて、一生懸命首を伸ばして見るんですけど……「あぁ、見えない」ということがよくあります。こういう表示があれば、気兼ねなく、お店の方にお願いできますね。

ドイツのベルリンやハワイでは、建物の外側の階段を見て、一瞬「ここは上れ

スーパーマーケット内のお手伝い表示（アメリカ）

駐車場の車椅子スペース（アメリカ）

ないな」と思い、引き返そうとしましたが、横に「車椅子用のスロープは裏側にあります」と表示が。もし表示がなければ、中に入るのを諦めるか、入り口を探し回らなければなりません。車椅子ユーザーにとって表示はすごく重要です。

また私が留学したデンマークでは、車椅子、ベビーカー、自転車が乗車できる車両があって、その車両がひと目でわかるようになっています。ホームにも電車にも、これだけ大きく表示されていると、迷うこともありません。

次にホテル。なるべく車椅子用の部屋を予約します。一見、普通の部屋と同じ

車椅子やベビーカー用の車両表示（デンマーク）

スロープ案内表示（ドイツ）

ようですが、扉の間口や廊下を広く取っていたり、段差がなかったり、バスルームの手すりがあったり、シャワーチェアを貸し出していたりと、車椅子仕様になっています。

日本の場合、手すりはL字だったりするんですけど、アメリカではあまり見なくて横だけでした。私は日本の手すりの方が使いやすくて好きです。

ケニアのホテルではシャワーチェアが無かったので、濡れてもいい椅子をお借りし、ちょうど手持ちにあった大きなビニール袋を掛けて使いました。これもアイデアですね。

L字型手すり(日本)

シャワーチェアのあるバスルーム(アメリカ)

アメリカのニューアーク・リバティー国際空港では「しまった！」という出来事が起きました。私と洋一は、サンフランシスコに飛ぶために、その空港で待っていたのですが、私がお手洗いに行きたくなった時のことです。

「えっ⁉」

教えてもらったのは、女性用トイレの中の車椅子用スペース。マークを見ると分かるように、明らかに女性用＋車椅子です。私の介助者は夫なので男性なわけで……でも一応聞いてみました。

「介助が必要なので、男性ですが入っていいですか？」

「ダメだよ〜。法律違反で捕まるよ」

「…………」

近くにいる空港スタッフに、片っ端から「どうしたらいい？」と聞くのですが、そっけなく「ダメだね」とか「うちの空港にはないね」と。結局、搭乗まで待ち、搭乗開始と同時に飛行機に乗り、飛行機の中の小さいトイレで介助してもらって入りました。飛行機の中は男女別ではないので、これしか打つ手がなかったのです。

　そして到着したサンフランシスコの空港では――おおっ‼　このように異性介助者も一緒に入れるファミリータイプのトイレがありました。

　またハワイのあるデパートでは、こちらから「異性介助者も入れるファミリータイプのトイレはどこですか？」と聞かないと、正しく案内してもらえないという経験もしました。

　要は、バリアフリーが進んでいる印象がある海外だって不便なところはたくさんあるということ。「バリアフリーは海外の方が進んでるよ、日本はまだまだ

男女介助者が入れる多目的トイレ（アメリカ）

女性の介助者しか入れないトイレ（アメリカ）

よ」とよく聞くんですけど、こういうこともあるわけで。私は日本も十分頑張っているのではと思っています。

日本のトイレは世界一

トイレの話題続きで恐縮ですが、私の持論がありまして「日本のトイレは世界一！」だと思っているのです。海外のトイレは、中がすごく広い場合がよくあるのですが……広ければいいというわけではありません。

日本でも今、多目的トイレがどんどん増えています。国土交通省により、2006年に施行された「高齢者、障害者等の移動等の円滑化の促進に関する法律（バリアフリー新法）」等によるもので、さまざまな取り組みがなされています。

まだ全ての多目的トイレではないものの、トイレの横には手すり、後ろに背もたれ（背もたれは大事です！）、その横にはL字の手すりがあり、介助用ベッドやベビーベッド、ベビーチェア、オストメイトの方、車椅子が入りやすい洗面台や鏡など、いたるところに工夫があります。配慮が行き届いていると思いませんか？（願わくば、全身鏡もあれば完璧なのですが！）

私はこういった細かな配慮は、日本は国土が小さく、限られたスペースを有効活用するために研究された結果だと思っています。大きな電動車椅子はどうするのかなど、課題はあるかもしれませんが、海外よりトイレはずっと進んでいる！

工夫された（白丸箇所）駅構内の多目的トイレ（日本）

というのが実感です。

では、日本のホテルは……というと、例えばバスルームのタオルが置いてある棚が可動式になっていて、車椅子が通る時に移動できたり、後付けでの工夫がなされています。

もちろん、高いお金を出せば、良いホテルでそれなりの車椅子用の客室がありますす。でも私が出張する時など予算を抑えて探そうと思うと、なかなか車椅子対応のホテルが見つかりません。

私はリサーチが趣味に近いので、楽しくいろいろ聞いてまわりますが、情報がキャッチしづらいこともあります。では、どんな部屋を望んでいるかというと――私なりに車椅子ユーザーの寸法をまとめてみました。

つまり、通路の幅の十分な広さ、段差がないこと、トイレの扉が引き戸であること、走行しやすい床素材、移乗しやすいベッドやトイレの高さ、訪問者を確認するアイスコープやワードロープの高さ、コンセントのスイッチの位置などに、少しで

車椅子ユーザーの寸法

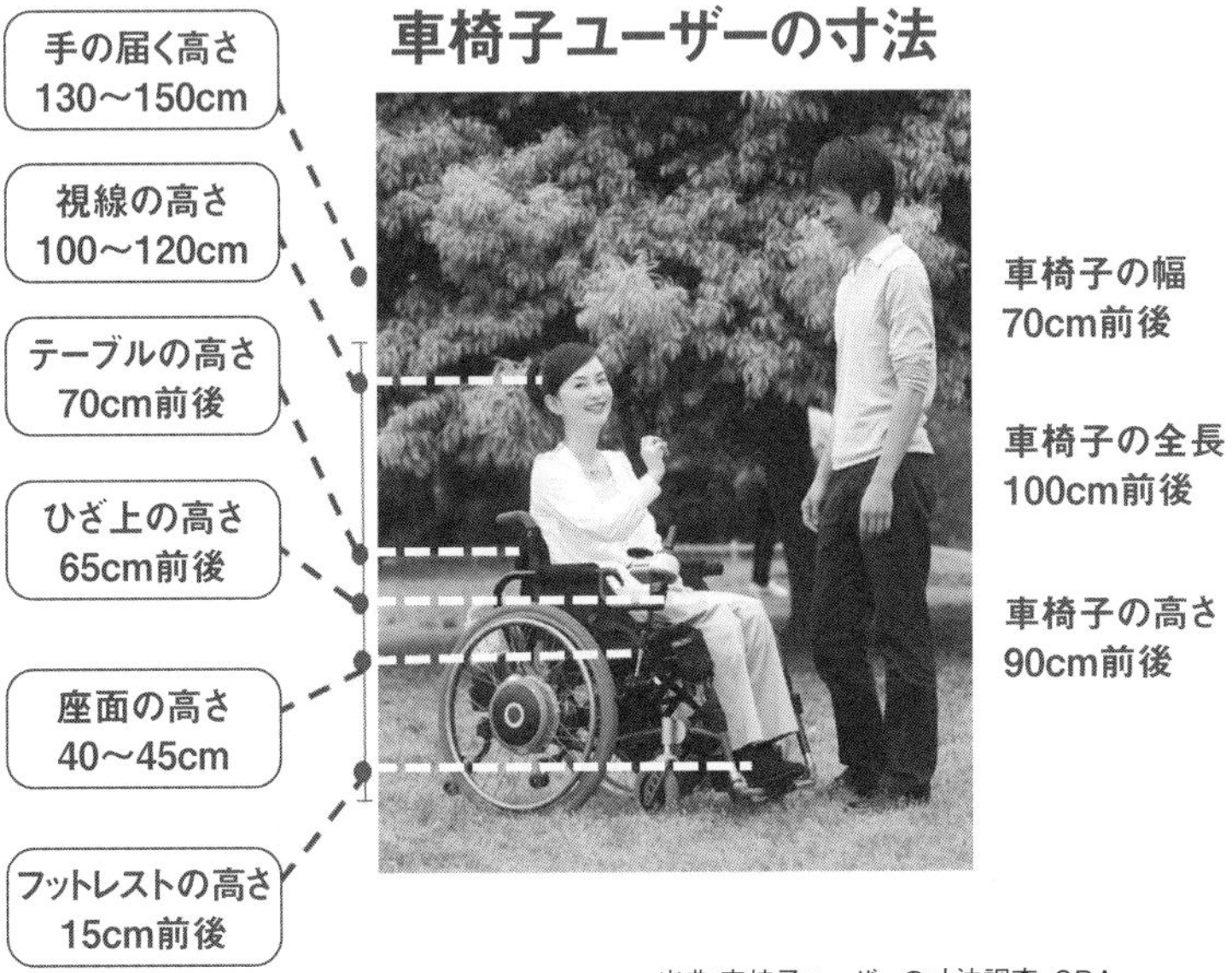

出典:車椅子ユーザーの寸法調査、ODA

も配慮していただければありがたいのです。
また車椅子ユーザー向け備品というのは、スロープ、トイレの背もたれ・手すり（跳ね上げ）、シャワーチェア、簡易移乗台、滑り止めマット、ステップ台、電動ベッド、ベッドの手すり、可動式ベッドサイドテーブル、移乗リフト（天井走行・床走行）などのことです。

私は、その国がバリアフリーであるかどうかの一つの指標は、どれだけの障害者を街で見かけるかで測れると思っています。外出しやすい社会制度や街づくりなのか。どの国でも障害者率は変わらないはずです。

なぜ私がここまで詳しく紹介したかというと、2020年に東京で開催されるオリンピック・パラリンピックへの思いがあるからです。たくさんの海外の車椅子ユーザーに日本に来てもらい、楽しんでもらえたら、素敵だと思いませんか？

東京パラリンピックへの思い

「車椅子ウォーカー」では、東京観光財団からの委託で「ユニバーサルデザインの街と東京のバリアフリーコース」として、東京駅から出発してお台場、水上バス、浅草、スカイツリーというルートのバリアフリーコースを取材しました。東京の観光公式サイト「ＧＯ　ＴＯＫＹＯ」に動画がアップされています。

このような動画サイトを見てもらい、実際に日本をイメージしながら、少しでも海外の車椅子ユーザーに「日本に行ってみよう」と思ってほしいのです。つい

東京の観光公式サイト「GO TOKYO」より

最近では、ブラジルのニュース番組にも取り上げていただきました。

海外からの観光客は年々増加していますが、言葉の面も加えてバリアフリーという観点からか、海外からの車椅子ユーザーを日本でお見かけすることは、なかなかありません。

海外の車椅子ユーザーの友達に「日本に来てね」と言うと「大丈夫なの？　バリアフリー」と返ってくるのです。私が言葉で「大丈夫だよ」と言っても説得力がないかもしれませんが、映像を見れば納得してもらえるのでは、と期待しています。

実際に車椅子で本当に移動可能なのか、私は何回も現地で調査を重ね、例えばスポット提示の場所に車椅子用トイレがなければ、その近くの車椅子用トイレのある施設の掲載許可をお願いしました。また少しでも東京に魅力を感じ「行ってみたい！」と思えるようなバリアフリー情報を集めました。特にこだわったのは、多目的トイレ情報の充実です。ただ単に「ここにあります」といった情報にとどまらず、背もたれ、オストメイト用設備、介助用ベッドの情報も載せました。

この事業で一番嬉しかったのは、タイ語やフランス語など10言語に翻訳されたことです。海外の多くの方に見ていただき、東京のバリアフリーをより身近に感じていただければ嬉しいです。

「車椅子ウォーカー」の活動目的は、日本と海外の車椅子ユーザー、その家族、友人の世界をもっと広げて、外出をスムーズにすることです。そのためにも、欲しい情報が簡単に分かりやすい形で入手できるようにしたいと考えています。

海外から車椅子ユーザーなど障害のある観光客を迎えるにあたって、ホテルなど企業サイドの方々へお伝えしたいことがあります。それは――

東京の観光公式サイト「GO TOKYO」より

「障害の状況は千差万別なので、バリアフリーを進める上で、一つ一つ地道に重ねていくことが重要」そして「自分たちのバリアフリー・ポイントは何なのかとことん知ろう」ということです。

例えば私の病気は、やがて寝たきりになると言われていますが、今はこうして元気に活動しています。今でもほんの少しの時間、つかまりながらだったら立つことができます。でも10年後は、どうなっているか分かりません。つまり、病気の状況によって絶対的に必要とされる設備が全く違うのです。

誰もが使いやすい設備をそろえることは、将来的にはそうあるべきかと思いますが「バリアフリーを推進していきたい」という思いをもし持っていただけるのであれば、スロープ一本でも進めていただければありがたいですし、ホームページなどでも、可能ならバリアフリー設備を写真や動画で紹介してほしいです。さまざまな展開が東京パラリンピックに向かって進んでいったら嬉しい限りです。

ジャパンテクノロジーへ期待

障害者と福祉機器、さらにバリアフリー化などについて思いを巡らすと、日本の技術力への期待値は高まります。私自身も、簡易電動車椅子で世界が変わりました し、後述する福祉機器で驚きの新発見がありました。

きっとこれからあらゆる面でさらに進化し、もっと便利に、もっと皆が個性を発揮できる社会が待っているに違いないと信じています。そして、それはきっと日本国内だけではなく、世界へと繋がっていくはず。

そんな期待を込めて、エピソードをいくつか紹介したいと思います。

現在日本の公共交通を車椅子で利用する場合、乗る駅と降りる駅で、駅員さんにサポートをお願いします。駅員さんが「何時何分のどの車両に乗ります」と降車駅にアポを取り、その確認が取れるまで数本の電車を見送ります。そして電車が来たらスロープを出してくださいます。しかし、もし乗車途中で予定が変わっても急には降車できないのです。急に降りたくなってもスロープはありませんし、第一、降車駅で駅員さんが待ってくれているからです。

ある女子学生は、電車の乗り降りについて「駅員さんにスロープを出していただかなくても、例えば自分でボタンを押したらスロープが降りてきて、好きな時に自分一人で乗り降りできたらいいな」と切実な願いを語ってくれました。

これは予算もかかるでしょうし、夢に近いかもしれませんが、日本でもモノレールや地下鉄で車椅子単独乗降可能な路線が見られるようになりました。標準装備ではないにしても、例えば一部の車両だけなど、海外では実現している電車もありますので、いつか当たり前のよう

1人で乗降できる乗り物

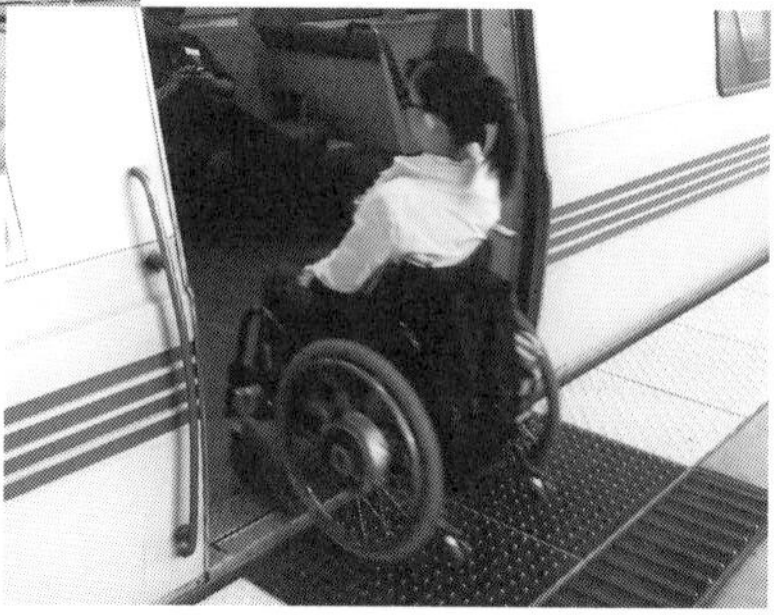

になったらいいなぁと思います。世界中が、時代とともにきっと動いていくのでしょうね。


また関西方面に住む社会人の車椅子ユーザーの体験です。

ある週の木曜日と金曜日に東京への出張が入り、普通であれば東京で一泊するところですが、日帰りで2日間続けて往復されました。

「ホテルにリフトがないからね」と――。

おそらくですが、東京23区にはまだリフトが導入されているホテルがないようです。私も確認できていません。リフトには「天井走行リフト」と「床走行リフト」があって、車椅子からベッドやトイレなどに移乗する時に使う福祉機器で、デンマークなどでは一般的に使われています。この方のご自宅にはリフトがあるので、木曜の夜に帰宅して、次の日にまた新幹線で東京まで来られたのです。

ホテルにそういった設備がなくても、打開策がないわけではありません。この方は以前、ホテル側に「床走行リフトを使いたい」と、ホテル近郊の福祉用品業者に一泊レンタルを依頼し、ホテルに搬入してもらい宿泊したことがあるそうです。ホテル側の条件は、搬入搬出の立ち会い。「自己責任ならどうぞ」ということで、使用者が自ら管理しなくてはいけないのです。

また、業者からは「搬入時間は営業時間内の17時までに」と指定されてしまいました。搬出ももちろん営業時間内。ホテルで待機していないといけないというのは、予定もあるため時間的になかなか厳しいものがあります。

今ある福祉機器を、既存の枠組みにとらわれず、例えばホテルと福祉業者が契約し、宿泊客が必要な場合は福祉用品をホテル側がレンタルできるシステムがあれば、もっと重度障害者が社会に進出できると思います。優れた機器をよりタイムリーに使い手に届けるのも難しい問題ですが、何とか東京パラリンピックまでに……というのが、私の願いです。

というのも、デンマークの超重度障害者の方が日本に来られた時、日本のホテルにそうした福祉機器がないことを事前に把握され、なんと折りたためるタイプの「床走行リフト」をわざわざ飛行機で運んで、東京までいらっしゃったのです。個

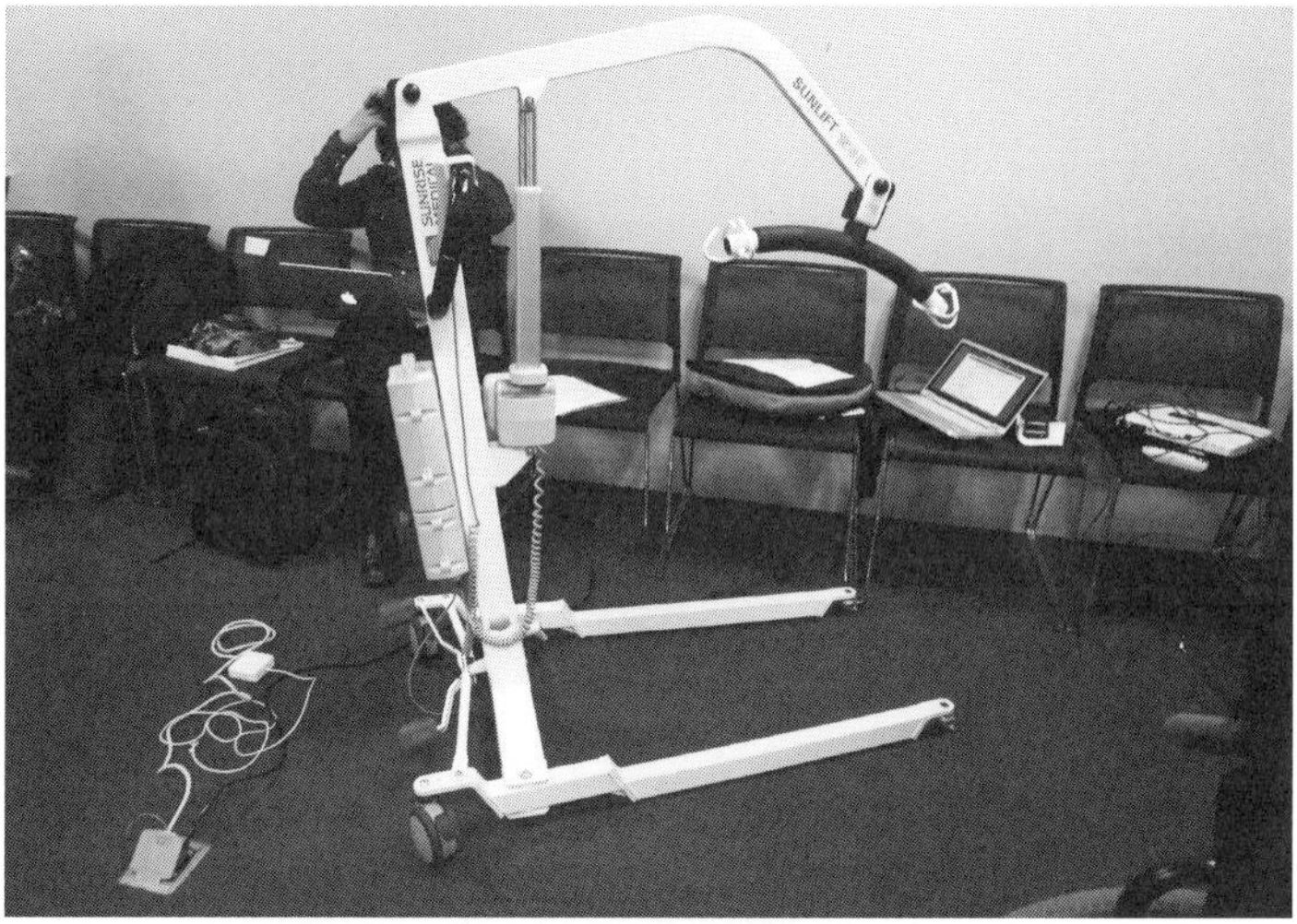

床走行リフト

天井走行リフト

人的には、申し訳ないような気がしてしまいました……。

天井走行リフトの導入は無理だとしても、後付けの備品として床走行リフトがあれば、車椅子ユーザーが宿泊できる環境を整えることは可能です。こういった福祉機器の開発と導入に期待しています。せっかく飛行機や新幹線などがバリアフリーになって移動が可能になったとしても、障害に合わせて利用できるホテルがなければ、日本に来てもらうことはできません。現に、少しずつ素晴らしい変化を遂げているので、胸を張って「海外の車椅子ユーザーの皆さん、日本に来てくださいね」と言いたいです。


そして、私が最近、感動した福祉機器がこちら。テクノツール社の上肢支援機器「ＭＯＭＯ」です。私のブログでも紹介しており、上肢が弱い人向けの福祉機器は、ありそうでなかなかないのですが、これを付けると、腕が上がらず握力のない私でも腕を自由に動かせるのです！

こんな製品があるなんて、最近まで知りませんでした。少しコツがいりましたが、肘を浮かせることができるので、例えばメークとか、自分で食事をするとか、いろんな可能性が広がります。スプリング（バネ）で動かせて、とても面白かったです。これがあれば、洋一の介助の負担も減らせますね。しかも、外出先でも使えるんです。海外にも普及し始めました。こちらも、もちろん日本企業の製品です。

本当に科学技術の進歩は目覚ましく、体の障害が不自由であることにはならない日がくるのでは、とさえ思うのです。私は希望を捨てません。治療薬も早くできて、病気が治る日がきっとくる――そう信じています。

ご飯も自分で食べられました

夢のアフリカ・ケニア国際会議へ！

２０１５年6月中旬、私に1通の英文メールが来ました。差出人はＧＥＳ（Global Entrepreneurship Summit 2015）の事務局からなのですが、なぜ私のところに来たのかさっぱり分かりません。

――私がケニアのナイロビで開催される起業家のサミットに招待⁉

初めは怪しいメールかと思いましたが、その翌日に届いたメールで本物だと分かりました。

今年3月の「グーグルインパクトチャレンジ」のファイナルイベントで会話を交わしていた、アメリカ大使館の職員の方が、なんと私を起業家としてサミットに推薦し、しかも審査が通過したというのです。事務局からの招待通知と、大使館からのメールが1日ずれて順番が逆になったために、こちらが混乱したというわけです。

さらに驚いたことに、そのサミットには、な、なんとオバマ大統領もご出席予定とか。えーーーーっ！！！

まさかこんな展開になるなんて、本当に信じられません。しかも日本からのGES参加は初めてだそうです。もう一人の日本人はタンザニアとケニアで、未電化地域に最新技術で電気の量り売りを事業展開している方でした。そんなすごい方と私だなんて、恐れ多いものがあります。こんな名誉な機会は、人生で一度きりかも……。アメリカ大使館の方々もとても喜んでくださり、お礼に伺うとお祝いのケーキまで用意してくださっていました。

私は、一生に一度でいいからアフリカに行きたいと、ずっとずっと思っていました。中学生の時、英語スピーチコンテストで選んだテーマは「アパルトヘイトについて」。大学でもアフリカ論を受講しましたが、障害が重度になるにつれ「アフリカに行く」という夢からは遠ざかっていました。どう考えても車椅子でアフリカの大地に立つイメージが湧かなかったのです。

普段の固定観念をガシャンガシャンと覆《くつがえ》すような旅は、とても魅力的です。自分が生きる意味をゼロから考えさせられます。人生において大きな財産になります。

生命力溢《あふ》れるアフリカ。人種差別に苦しみながら、新たなる世界を創る力がアフリカにはあるように感じるのです。

置き忘れた夢が、今、叶おうとしている。アフリカに行きたい。何がなんでも行きたいっ！　私の性格上、気持ちが動き始めたら、もう突っ走るのみ。何とか実現させるため、この日からジェットコースターのような日々が始まりました。

まずは、夫の説得。「無理だよ」と言う洋一に「こっちを、こう動かせば行けるじゃん」と食い下がる私。しかも、日程が現地時間の7月24、25、26日。実は私たちは前々から結婚10周年のハワイ旅

ケニアに到着して、初めてお会いした車椅子ユーザーと

行を7月27日から予定していました。
　夏休みの栄君のこともあります。ちょうど両親が7月末からスペインに行くことになっていて、ギリギリで入れ替わりになりそうです。

　行きたいけれど、両親はなんて言うだろう。父は学術的な仕事をしている分、国際会議の重みはよく分かっているはず。でも治安が良くないナイロビ、しかも車椅子。しかし、父に相談すると「いいねえ。行っておいで。栄君はみているから」とあっさりクリア。従って、半ば強引に通過。

　さあ、次は準備です。なかなかGES事務局とのメール連絡がうまくいかず、私は参加して何をすればいいのか分からない状態。メールには「パネリスト」と書いてあるのですが、詳細が確認できません。発表のチャンスはあるのかないのか、あるならいつ、何分間なのか？　また私の場合、全面的に介助が必要ですが、洋一の渡航費は出るのか？　そもそも同行者は会議に参加できるのか？　今から飛行機を予約して、隣同士の座席が取れるのか？

全て英語のやり取りで頭の中がごちゃごちゃになりながら、さまざまな情報が交錯し、何も確定しないまま時間だけが過ぎていきます。それでも先手を打って英文発表の準備を進めていました。「グーグルインパクトチャレンジ」の時の原稿を膨らませて用意することにし、PADMの海外担当・Yoshiさんに手伝ってもらいました。40年間アメリカに住み、最近帰国された同病者で、本当に力強い存在です。

出発の1週間前になり参加者の中からコンペティションでスピーチする30人の中の1人に選ばれ、初日に3分間スピーチするということが分かりました。

結局、洋一の渡航費用が出ると判断いただいたのが最初の連絡から20日以上が経った7月9日。飛行機の手配ができたのは出発4日前の15日。それから障害状況の説明を航空会社と英文でやり取りをし、車椅子対応が完了したのが出発前日の17日でした。

VISAについても、日本のケニア大使館では「飛行機が決まらないと申請できない」と言われ、アメリカからは「VISA申請しないと飛行機がとれない」と言われ、途方に暮れた結果、インターネット上でｅＶＩＳＡを申請することになり、時間がないため手違いがあっては行けなくなるとの強迫観念⁉　からか、夫のｅＶＩＳＡを２回も申請してしまい、結果５０００円捨ててしまうことになったりと、とにかく初めてづくしでアタフタしながらの準備となりました。

「日本人らしく着物を持っていこう」とサミットのどこかで着られることを期待して用意をしていると、栄君が横に来て「危ないんでしょ？　行くのヤダ」と言います。母たちと留守番することには「全然寂しくない」と言っていたのですが、何かアフリカの治安が悪いニュースを見たようで「ホテルや会場からは出ないからね、危険な場所には絶対行かないから大丈夫だよ」と話をしました。

こうして私と洋一は、7月19日、午前0時30分羽田発、ドバイ国際空港経由で、現地時間19日14時45分、ジョモ・ケニヤッタ国際空港に無事到着しました。

ケニアでオバマ大統領のスピーチを聞く！

ついに来ることができた、夢のアフリカ。

ナイロビに到着したのはいいのですが、車椅子用トイレが到着した建物内の通り沿いになく、困りました。出発ターミナルでやっと見つけましたが、女性用の一番奥の広い個室でした。アフリカにも、車椅子で来ることができたのが嬉しくて、フェイスブックで共有しようと写真撮影をしていた時のことです。

「何をやってるんだっ！」

突然の怒鳴り声に振り返ると、警官でした。夫は5人に囲まれ「何をしにケニアに来たんだ！」と尋問を受け、結局、空港での写真データはすべて消されてしまいました。数十メートルの所で隔離された私は、近くにいた係員に「情報を日本の車椅子ユーザーに届けたい」と必死に説明しました。空港内をはじめ、セキュリティーが異常に厳しかったのは、オバマ大統領の訪問の影響もあったかもしれません。その後、無事に解放されて、ほっと一安心しました。

車椅子を押す空港職員から「何しにナイロビ来たの？」と聞かれ「オバマ大統領に会いに来たの！」と興奮気味に答えると、「アハハ～俺も会うんだぜ～」と陽気に笑い飛ばされました。信じてもらえてなかったみたいで、思わず私もつられて、ケラケラ笑ってしまいました。

現地では、サロバスタンレーホテルに滞在しましたが、会議までの5日間は体調管理と準備のために、ほとんどホテルに缶詰めでした。しかし現地の知人とカフェやスーパーマーケットなどに出かけたのと、サファリに1日だけ日帰りで観光できました。

会期中の3日間は、ほとんどこのホテルとメイン会場の国連ナイロビ事務局との往復。とにかく24日～26日まで、セレモニーやセッションがぎっしりと詰まっています。

24日はYOUTH＋WOMENといって、若者と女性向けの会議が中心。朝、5

時45分に集合してバスに乗って移動したのですが、私たちにはどこに行くのか全く知らされないまま20分以上乗っていたので「どこに行くか知ってる？」と周りの人に聞きながら、不安と期待が交錯していました。

セキュリティーの関係で、このバスに乗らないと、会場に絶対入れないと言われたので、出入り口の階段が急なバスでしたが、3日間、夫に抱えてもらい何とか乗り越えました。

メイン会場の敷地内には、大小さまざまな会議室が10室以上あり、それぞれにセッションが行われます。この日、私は

ナイロビの友人と楽しいひととき

コンペティションでスピーチを行いました。初日は65カ国から約400人が参加。スピーチをするのは30人、そこから6人がファイナリストに選ばれます。

——さあ、思いっきり訴えよう。

私は大きく息を吸い込むと、スピーチを始めました。テクノロジーで障害を越えたいこと。技術革新でいかに問題解決ができるか——等々。

この日までに、3分間の原稿を全て暗記することができず、たまに原稿を見ながらのスピーチは、自分としては反省点の多いものでしたが、途中から、もう胸がいっぱいで……。

夢だったアフリカの大地に自分がいる不思議さ。そして、たくさんの方の応援を受けて、このような場所で英語で車椅子でスピーチをさせていただいていることに、感謝の思いが溢れて仕方ありません。ギリギリこらえましたが、涙で原稿がかすんで途中からはよく見えませんでした。

スピーチが終わると、何人もの方から「あなたのスピーチ、良かったわよ」と声をかけていただきました。涙を浮かべながら語ってくださる姿に、自分への称賛というよりも、その方の心の片隅にほんのちょっとだけでも入れていただけたと思うと、私の心が救われました。

残念ながらファイナリスト6人には選ばれませんでしたが、参加者全員が固唾《かたず》をのんで結果発表を待っていると、檀上の総評で思いがけず私の名前を挙げてくださいました。その映像は私の宝物です。

まだ始まったばかりの「みんなでつくるバリアフリーマップ」。やはり起業家としての未熟さ（そもそも起業家といえるのかな私?）と「どう成功させていくか」という具体性と実績が弱く、それは今後の検討課題です。

また日本では、NPOの活動は寄付により細々と行うようなイメージがありますが、サミットに参加していた方たちは、社会的問題を金銭的問題も含めていかに解決するかシステムを考案しておられ、私も継続できる事業として展開するための新たな課題が見え、いろいろと考えさせられました。

翌25日、いよいよオバマ大統領が、海外130カ国から集った約1300人の喝采の中で登場！　全体セレモニーに参加されました。私は20列目くらいにいたのですが、大統領のお顔はハッキリと見ることができました。

大統領は期待を込めて、会場の私たちのことを〝共に世界を変えていくパートナー〟と呼んでくださいました。私は洋一と二人でこの場にいることへの誇りとともに、より良い世界の構築へさらに頑張っていこうと思いました。

26日の最終日にはさまざまなセッションに参加し、皆さん本当に志の高い人た

コンペティションで真剣な語らい

ちの集まりなのだと実感しました。

アフリカに行くまでは、世界は広くて未知なるものだと思っていましたが、今回参加して、すごく近く感じました。そして、自分のおかれた状況で問題解決に向けて動きだそうと、あらためて決意しました。

遠く遠く遥《はる》か遠くに感じていたアフリカ。こまめに虫除《よ》けスプレーを浴び、ミニ蚊取り線香を持ち歩いていたのに、蚊に刺された時は顔面蒼白《そうはく》でした。……が、単なる蚊で、ホッとしました。

テロ厳戒態勢のナイロビでは、街中に

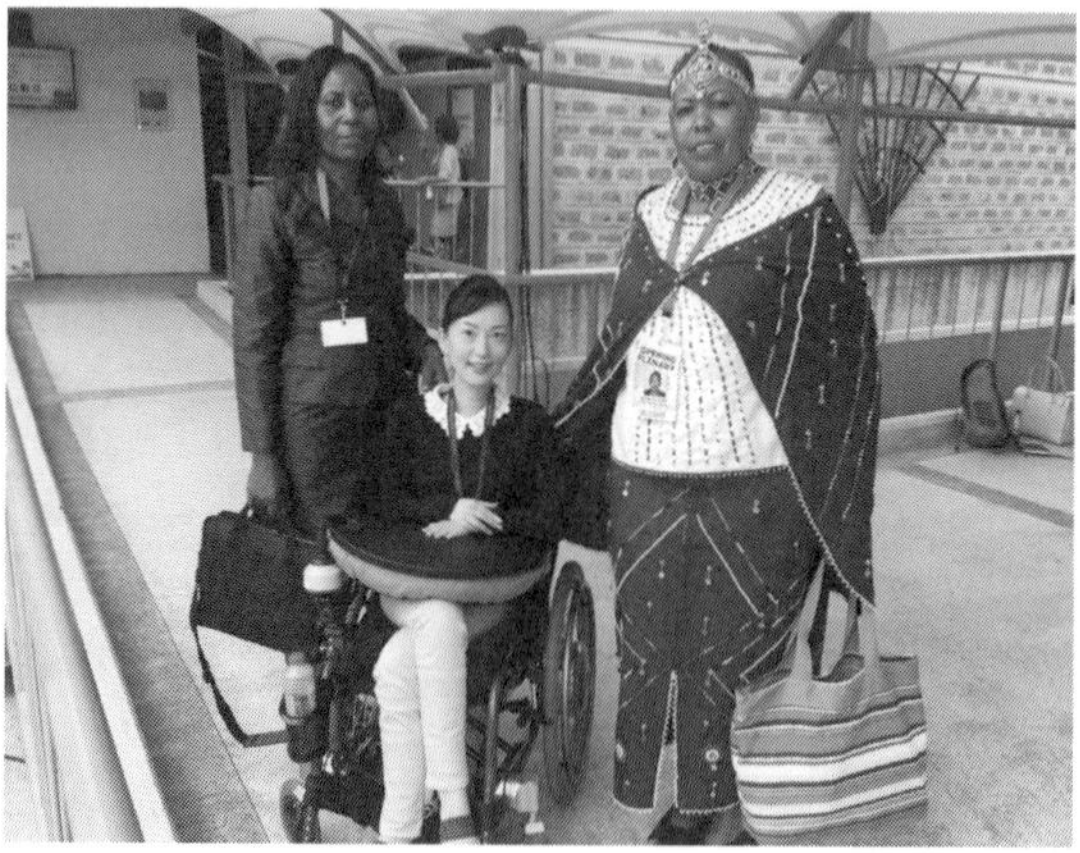
各国の女性起業家の方と嬉しい出会い

大きな銃を持った警官が立っていましたが、それがかえって不気味に感じてしまい、会期後に夫と二人きりで出かけたのは、帰国する日の30分間、買い物に行っただけでした。

ひとりじゃないから、大丈夫

強行突破でケニアの国際会議に参加して、私は思っていた以上に頭を支える肩や首の筋肉が落ちてきたことを感じました。病気は着実に進行し、どんどん大変になっていきます。病気を理由に手抜きはしないと決め、自分の至らなさ、不甲斐なさと向き合っています。周りの助け、同病者や支援者の方々と共に活動していく。まるで病状と反比例するように、病気を抱える私だからこそ取り組むべきことが増えています。

私はなんて周りの方々に恵まれているのでしょう。たくさんの方の支えがあって、今があります。まさにこの本も、私の人生にかかわってくださっている方々の顔を思い浮かべて綴っています。一つ残らず、していただいたことを覚えておきたい。脳のメモリーはそのためにあります。もしも今、余命宣告を受けたなら、今までお世話になった方々に感謝を伝える時間に使っていきたいです。

他人の不幸の上に、自らの幸福を築かないこと。人生の最終章は、どれだけの人を笑顔にできるかが重要なのですから。その人の良い所を見つけたい。幸せは伝染するもの、だからこんな体ですが、少しでも誰かのためになれたら嬉しいです。

ある年の春、家族3人で沖縄に行きました。残波岬の奥の方には、車椅子だと通れないゴツゴツした岩場が広がっています。

「私はここで待ってるから、気にしないで行ってきて」

私は洋一と栄君を促し、舗装された道で待っていました。私のせいで素晴らしい経験を諦めてほしくありません。二人が喜ぶ顔を見るのはすごく嬉しいことです。すると、米軍の方が二人で近づいてきました。

「僕たちが手伝ってあげるよ」

「いえいえ、そう簡単に運べる重さじゃありません。車椅子は30kgで、私の体重㊙kgもあるので、すご～く重いから、気にしないでください、ありがとうございます」

丁重にお断りしました。すると――

「何、言ってるんだ。この筋肉見てみろよ！」

彼らは力こぶを目の前に見せます。

「こういう時のために僕たちは鍛えてるんだよ」


その瞬間、皆に笑みがこぼれました。お二人のご好意に甘え、お願いすることにしました。通常だと私が乗ったままでの移動は男性が3人とか4人がかりで運んでいただくのですが、やっぱり凄かった。彼らは二人で楽々運んでくれました。波しぶきがあがる、夫と息子がいるところまで行くことができました。もう本当に嬉しくて、この気持ちを忘れたくないなと思って「一緒に写真を撮ってください」とお願いしました。

後でプリントアウトした写真を見たら、遠慮されたみたいで、後ろに隠れていらっしゃいましたが……。


こういうふうに、困ってる人を見かけて、さらっと声をかけてくださるって、本当にかっこいい。紳士だなと思います。

「いいよ、いいよ。大丈夫だよ。できるから」と、こちらが申し訳ないなと感じる気持ちを吹き飛ばすくらい明るく振る舞って「喜んで手伝うよ」と言ってくれました。


「ハートのバリアフリー」って、こういうことなんだなと感じ、私はそれ以来、いろんな講演の場でこのエピソードを紹介しています。

そう、私たちは一人じゃないのです。こういうちょっとした言葉や行動は、ほんの少し勇気を出せば、今すぐにでも、誰にでも始められます。残念ながら私自身は実際人に手を差し伸べることはできませんが、出会う人それぞれに長所があること

2人で楽に運んでくださいました（沖縄）

「一緒に写真を」とお願いしたのですが……顔を伏せておられました

を思い出させるような、心が軽くなるような声かけができる人になりたいと思っています。

私には、いつも支えてくれるたくさんの人たちがいます。洋一、栄一、両親、妹たち、義父、義母、プリンセス会のみんな、学術顧問・相談役の先生方、PADMの皆さん、支援者、恩師、街で助けてくださる方々――。いつもいつも、暗い海底に沈みそうな私を、輝く丘へと引き上げてくださいます。

どんなに病気が進行しても、心さえ負けなければ、大丈夫。だけど一人で生きていくことはできません。たくさんの方に支えてもらいながら、その思いに応えるためにも、これからもこの世に生を受けた自分の使命を、私にしかできない使命を、果たしていきたいと思います。

人生の幸不幸は、障害とは関係ありません。他人との比較で決めるものでもありません。自分で決めるのです。そして幸せは、自分の心で感じるものです。私は今、本当に幸せです。私は絶対に負けません。
私も負けないから、あなたも負けないでね。
ひとりじゃないから、大丈夫。

仲良きことは美しきかな

国立精神・神経医療研究センター病院名誉院長　埜《の》中《なか》征《いく》哉《や》

わたしは14歳の時から、大学を卒業するまで、熊本市の東部に住んでいました。父が熊本出身で、熊本女子大学の教員をしていたからです。その官舎の客間の壁に、額縁に入った一枚の色紙が掛けられていました。野菜3点、たしかキュウリとタマネギと何かのスケッチ、そしてその右上に「仲良き事は美しき哉《かな》」の直筆の文字、左下に実篤とありました。実篤はあの有名な小説家、武者小路実篤《むしゃのこうじさねあつ》氏のことです。わたしは、「仲良き事は美しき哉」という温かみのある文字、愛の目でみた野菜の絵、それを見るたびに、いつも心和《なご》んだことを思い出します。

父は学問一筋。絵画、音楽など趣味は一切ありませんでした。どうしてこの絵を手に入れたのか、なぜ客間に飾ったのか不思議でした。ひょっとすると、武者小路実篤氏直筆か？　いつか高く売れるかも、と思ったこともありました。でも、飾ったのは母で、本屋さんかどこかで安く手に入れたものだと分かりました。母は文学好きで武者小路ファンでした。

この文章を書くに当たって、ネットで「武者小路実篤―仲良きこと」のキーワードで調べたら、「仲良きこと（事）は美しきかな（哉）」の文字（平仮名と漢字の組み合わせはいろいろです）、異なった野菜がスケッチされた色紙が10種類以上もあることを知りました。どの色紙も温かみがあって、武者小路氏はよほどこの言葉を愛されていたのだと思いました。

この言葉がぴったりのご夫婦が織田洋一・友理子夫妻です。ご夫婦の「仲良きこと」は友理子さんが書かれた本『心さえ負けなければ、大丈夫』（口絵の写真を見ただけでも分かります）、このたびの『ひとりじゃないから、大丈夫。』を読めば一目瞭然です。友理子さんが縁取り空胞を伴う遠位型ミオパチーという病気を発病した後も、洋一さんの愛は少しも変わらなかった。いやむしろ深くなったのです。この病気は筋力が低下して、発病後、十数年で車椅子生活になり、手の力も衰えます。結婚する相手がそんな難病を患っていたと知ったら逃げる人もいるでしょう。でも洋一さんにはそんな気持ちは全くなかったことは、友理子さんの本を読めば分かります。

わたしの記憶にはないのですが、その洋一さんはずっと以前に私にメールをくださったそうです。妊娠・分娩で友理子さんの病気が悪くならないか、子どもさんに遺伝しないかとの内容だったとのことです。洋一さんが教えてくださいました。なぜか、わたしは男性からのメールはすぐに記憶から去るのです。友理子さんからのメールだったら記憶に残っていたと思いますが。全て心配なしと返事を差しあげていました。お子さんはもう9歳になられたそうです。嬉しい限りです。織田夫妻のためにちょっとだけ役立つことをしたかも、という自分に乾杯です。毎晩ビールを欠かせない飲んべーの私に、ビールを飲む最高の理由ができました。このメッセージ、もちろんビールを飲んで書いています。

織田さんご夫婦は仲良くて美しいだけでなく、超美男・超美女でもあるのです。「美しい」の二乗です。友理子さんは病気に負けず、他の難病の方たちにも愛の手を伸ばす活動をしておられます。わたしも陰ながら、友理子さんをバックアップしていきたいと思っています。でも、私が友理子さんとあまり「仲良く」なったら、洋一さんが妬《や》くでしょうから「美しき哉」にならない程度にしましょう。

と書いて、果たして我が夫婦は「美しきかな」に相当するほど仲良かったかな？　と考えています。わたしが女房に初めて逢《あ》ったのは7歳の時。もう70年以上のつきあいです。けんかもしたし、女房には何回も家出されました。「仲良きこと中くらい、まあまあの人生かな」でしょうね。でも、満足です。

あとがき

幼い頃、というよりは、わずか15年前の大学生の頃まで、私が思い描いていた未来図。今取り組んでいることは、その想定内には何一つありませんでした。

病気も難病も、ウルトラオーファンドラッグ（超希少疾病用薬）も障害も、車椅子もバリアフリーも。しかし一辺倒にはいかないこのキーワードたちが、私を中身の濃い面白い人生へと導いてくれています。

「遠位型ミオパチー」。予期せぬ困難な事態が降りかかってきた時に、人は必死になってロールモデル（模範）を探すものです。しかし私には見つかりませんでした。

ロールモデルが存在しない事柄に対しては、他人は、そして自分でさえも見る目は非常に手厳しいのです。

それは、例えて言えば、小舟で大海に一人で放り出された感じでしょうか。私は必死になってオールで漕いでいました。漕げども漕げども全く進みません。

それが結婚することによって二人乗りになり、ＰＡＤＭ（パダム　遠位型ミオパチー患者会）の同病者に出会うことで小型ボートになり、署名活動などによって大型船になりました。

皆の力が一つになって、船は前へ進み始めました。

ＳＮＳはじめＩＴの急速な発達により、情報が瞬時に世界を駆け巡るようになりました。おかげで、私たちの活動をたくさんの方に知っていただけるようになり、支援の輪が広がりました。今の時代に生きられるって素敵です。

右往左往しながら進む。本当に叶えたいことがあるのなら、叶うまで諦めない。そうすれば、必ず道は開ける。叶う前に諦めてしまうか、叶うまで諦めないか。それだけの違いが、人生を決定づけるのではないかと思います。

そして、今までの経験を通して言い切れることは、人間は一人では生きていけない。周りの方の支えが、励ましが、絶対的に不可欠だということです。人は人の中でしか生きられません。まだ道半ばである私ですので、これ以上は偉そうなことは言えません。ＰＡＤＭ代表の交代の依頼を頂いた時も、自信の無さから半年以上お断りし続け、周りを随分と困らせてしまいました。

しかし精神的にも身体的に支えてくれる家族だけではなく、人生に迷いそうになった時に大切なことは何なのかを教えてくださる人生の師の存在。いつもエールを送ってくれる一生涯の友。常に心をポカポカに温め包んでくださる支援者。そして困難に果敢に挑戦する〝戦友〟……。数えきれないほどの多くの人との出会いのおかげで、直接的にも間接的にも勇気づけられて今の私があります。

正直なところ、前作の『心さえ負けなければ、大丈夫』の頃は、世間でも私自身の中でさえも、病気とは幸せを奪うものというイメージがありました。私はそのイメージに大きく逆行しそれを覆《くつがえ》すために生きる、との決意表明だったようにも思います。

弱気な時、挫《くじ》けそうになった時、「心さえ負けなければ、大丈夫」と自分で自分に言い聞かせて気持ちを奮い立たせていました。

それが、今となっては奮い立たせるまでもなく、夢に没頭できる毎日です。本当に心次第です。そして思わぬところで気付けば一つ一つのことが芽吹《めぶ》き始めています。この芽がすくすくと育ち、花が咲き種となり、やがて風に乗って私の知らない場所へと飛んでいって、見事な大輪を咲かせてほしい。

いつかは仕事で海外に行きたいな！　という淡《あわ》い夢が、アメリカ国務省やケニア政府の招待という形で叶いました。4年前の私も、きっと驚いていることでしょう。

かつて病名を告げられた時に孤独を感じていた私ですが、これからもひるまずに挑戦し続けながら年を重ねる中で、社会を少しでもより良くしていくための一端を担えたらこれほど光栄なことはありません。

少しだけ肩の力を抜いて、私らしく生きることができるようになりました。「人のために尽くせる幸せな人になる」と高校時代の文集にしたためた私の信念は、その前も、その後も、変わらないと信じたいです。

幸せには相対的幸福と絶対的幸福があります。他者をうらやむような相対的な幸福よりも、自分がこうと決めてわが信念のままに生きる。この絶対的な幸福の人生を、私は進んでいきたいと思います。

さあ、次も前に向かって！
心さえ負けなければ、大丈夫。
ひとりじゃないから、大丈夫。

２０１５年９月

織田友理子

Profile

織田友理子（おだ　ゆりこ）

1980年(昭和55年)4月生まれ。
創価高等学校、創価大学経済学部卒。
NPO法人PADM(遠位型ミオパチー患者会)代表。
22歳の時、進行性の筋疾患「縁取り空胞を伴う遠位型ミオパチー
(DMRV・HIBM・GNEミオパチー)」と確定診断を受ける。
25歳で織田洋一氏と結婚。1年後に自然分娩にて男児を出産。
これ以降、車椅子生活となる。

2008年4月「遠位型ミオパチー患者会PADM」発足時より参画。
PADMはDMRV治療薬開発のため、希少疾病のモデルケースとなるべく、
政府への要望をはじめ、精力的な活動を展開している。
指定難病に向けて累計「204万3379筆」の署名を提出した。

2010年7月、現・公益財団法人ダスキン愛の輪基金
個人研修30期生として、半年間にわたりデンマークへ留学。
帰国後は、留学で学んだ当事者運動を、身をもって実践している。

2014年1月、動画サイト「車椅子ウォーカー®」を開設し、
国内外のバリアフリー情報を発信している。
2015年3月、「Googleインパクトチャレンジ」に応募した
PADM企画「みんなでつくるバリアフリーマップ」がグランプリを受賞。
同年7月、ケニア・ナイロビの起業家国際会議に、
米国大使館の推薦により日本人初の招待参加。
福祉社会の構築へ、講演等を精力的に行い、
自身の経験に基づくハードとハートのバリアフリー改善策を提示している。

ひとりじゃないから、大丈夫。

2015年10月27日　初版第1版発行

著　者　織田友理子
発行者　大島光明
発行所　株式会社　鳳書院
〒101-0061
東京都千代田区三崎町2-8-12
電話番号　03-3264-3168（代表）
印刷・製本所　藤原印刷株式会社

ISBN978-4-87122-185-6